朱川湊人

遊星小説

実業之日本社

実業之日本社文庫

遊星小説　目次

夜光虫

姉のことを思い出すのが、私は苦手です。

二十七年前、姉は夜の海に身を投げて亡くなりました。二十歳になったばかりの、初夏の頃でした。

私たち家族には、友だちと海に夜光虫を見にいく……と言い残して、家を出ていました。姉が短い旅行に出ることはよくありましたので、両親も妹の私も、何の疑問も感じずに送り出したものです。けれど実際には、姉は一人で遠くの海辺の町を訪れ、ひそやかに自死を遂《と》げたのでした。

理由はわかりません。いけない文学にのめり込んでいたとも、叶わぬ片恋に苦しんでいたとも人には囁《ささや》かれましたが、姉自身が書き置き一つ残さなかったので、本当のところは誰にもわからないのです。きっと姉も、知ってほしいと思ってはいないでしょう。

けれど理由はどうあれ、この世から我が身を消し去ろうとする決意は、相当に固かったようです。

遺体があがってからわかったことですが、姉は大量の鎮痛剤を飲みくだしたうえに、右の手首を切り、夜の海を沖に向かって泳いだのでした。その徹底ぶりに警察の方は舌を巻いていましたが、私はやっぱり……と思いました。清楚《せいそ》な外見からは想像できないほどの激しい一面を持っていた姉ですから、いったん死のうと決めたのなら、そのくらいのことをしても不思議ではないのです。

遺体は潮に運ばれ、あくる日の夕方、入水《じゅすい》した海岸から三キロほど離れた入り江に流れ着きました。きっと姉は体さえも魚にくれてやるつもりだったに違いありませんが、そのあたりの潮流についての知識がなかったために、はからずも二十四時間もたたないうちに陸地に戻ってきたのです。

知らせを聞いて駆けつけた私たちは、海辺の町の小さな警察署の一室で姉と対面しました。警察の方のご厚意だったのか、あるいは他に場所がなかったのか、普段は署員の方の寝泊りに使っているらしい六畳ほどの畳敷きの部屋に、姉は寝かされていました。

　遺体はきれいなものでした。潮で洗いざらしになったせいか、それこそ透き通るような肌の白さで、むしろ生ある頃より美しく見えたものです。切り裂いた手首の傷には丁寧に包帯が巻かれ、処置してくださった方の情愛が感じられました。

「見つけた時、ちょうど入り江には夜光虫が集まっておりましてね。お嬢さんの体は、その中でぼんやりと光りながら、浮かんでおられたんです」

　遺体をひきあげてくれた地元の漁師さんがお線香をあげに来てくださり、私たちに話してくれました。

「不謹慎な話ですが……本当にきれいだと思いましたよ」

　その美しい姿を語ることが家族の慰《なぐさ》めになるとでも考えられたのでしょうか、漁師さんは妙に熱っぽい口調でした。五十歳くらいとお見受けしましたが、きっと優しくロマンチックな性格の方だったのでしょう。

　夜光虫に包まれて死んだのなら、姉も幸せだったかもしれない……と、私は考えるようにしました。きっとお芝居だったに違いありませんが、家を出る前日、夜光虫で光る海がどれほど美しく幻想的かと、熱心に語っていたからです。

その時、夜光虫は海ホタルとは違うもので、植物性プランクトンの一種であると教えられました。海ホタルは光る物質を体の外に出して海を光らせるのですが、夜光虫は運動の刺激に反応して、自身が光を放つのだそうです。ですから、夜光虫のいる水面に石を投げたりして刺激を与えれば、まぶしいくらいに光るのだそうです。

「夜光虫の光に包まれていたのなら、この子も、きっと喜んだことでしょう」

漁師さんの話を聞いて、両親はあたり憚《はばか》らず号泣しました。

私も一緒に声を放って泣きましたが、同時に腹立たしい思いも心の隅《すみ》にはありました。いったい何が苦しかったのかは知りませんが、悲しい運命を安直に選んで、家族にまで深い痛みと苦しみを残していった姉が、あまりに身勝手に思えたからです。

あんなひどいことをしてしまったのは、その腹立ち紛《まぎ》れであるのは確かです。

一通り涙に暮れた後、遺体を家に連れ帰る算段を整えるために、両親は部屋を出て行きました。警察の方とも、いろいろ相談しなければならないようです。

私は姉と二人になりました。思えば当時の私は十七歳——どんな感情も、お腹《なか》の中にはしまっておけない年頃です。悲しければ涙が枯れるまで泣き、怒った時は、どこかに思いをぶつけなければ収まらないのです。

「姉さんは、本当にひどい人よ。みんなをこんなに悲しませて」

物言わぬ身となった姉に、私は恨み言を述べました。

「弱虫だわ……いいえ、卑怯者《ひきょうもの》よ」

そんな言葉をぶつけるうちに、私の感情は激しく燃えたぎりました。

自分は死んで楽になったかもしれないけれど、父や母（むろん私も）が、残る人生をずっと泣き暮らして行かねばならなくなったのです。そう思うと姉のわがままが、どうしても許せなくなりました。家族に与える仕打ちの中で、こんなひどいことが他にあるでしょうか。

頭に血が昇った私は、ついには横たわった姉の頬《ほほ》を張ってしまいました。

死者に鞭《むち》打つ行為は、人としてやってはならないことだ……と知ってはいます。けれどそうでもしなければ、自分の感情と折り合いをつけることができなかったのです。無言の頬に平手をぶつけた時、パシン！　と、かなり大きな音がしました。

信じられないものを見たのは、その数秒後でした――漂白されたような姉の頬に、うっすらと青白い筋のようなものが浮かび上がったのです。

（これは……？）

それが何であるのか、すぐにはわかりませんでした。けれど、じっと眺めているうちに、とんでもない想像が頭に浮かんだのです。

（もしかしたら）

その思い付きが外れているように……と祈りながら、私は部屋の電灯を落としてみました。

あの時に見た姉の顔を、私は一生忘れないでしょう。いくつもの線から成る細かな文様のようなものが、姉の顔じゅうに隙間なく浮かび上がっていたのですから。

それは間違いなく血管でした。

そうです――おそらく手首の傷から無数の夜光虫が体の中に入り込み、血管の中を自在に泳ぎ回っていたのでしょう。それが平手打ちの刺激を受けて光を放ち、植物の蔓《つる》のような血管を、顔中に浮かび上がらせたのです。

私は反射的に明かりをつけると、その場にしゃがみこんでしまいました。幸い肌越しに見る夜光虫の光は弱いものでしたので、電灯をつければ見えなくなりました。

けれど私は、かなりの間、ものを考えることができませんでした。

時間が経《た》った今、あれは何かの見間違いだったのではないか……という気もしています。

いくら人間の体の中が海の成分に似ているからと言って、無数の夜光虫が入り込むことなどあり得るとも思えませんし、仮にあったとしても、何時間も泳ぎまわっているはずはないでしょう。ですから、きっとあの光景は、突然の姉の死に動揺した神経が垣間《かいま》見せた幻に違いないのです。

けれど私は二十七年が過ぎた今でも、姉のことを思い出すのが苦手です。あの呪いの仮面のような顔をちらりと思い出しただけでも、もう……。

やはり姉には姉の、苦しみと言い分があったのかもしれません。

ゴメンナサイネ

水道橋《すいどうばし》の居酒屋で、昔の仲間と久しぶりに顔を合わせた。

仕事でオランダに赴任《ふにん》していた島田が、ほぼ七年ぶりに帰ってきたのをきっかけに集まったのだ。前に集まったのが彼の壮行会だったから、やはり七年ぶりの再会ということになる。

メンバーは私と島田、山本の三人だった。本来はこれに斉藤が加わって全員集合というところなのだが、彼は郷里で銀行に勤めているので不参加もやむなし……だ。

「お互い、歳をくったなぁ」

やはり四十歳を過ぎた連中が集まると、そんな感慨が多くなる。続いて健康の良し悪し、仕事の景気、子供の成長などの話題を経て、ようやく昔話に花が咲く。

「そういえば門松荘《かどまつそう》、なくなったんだよな」

わかりやすく鼻の頭を赤くして、山本が言った。

「あのあたりも、再開発されたらしいから」

「そうか……ちょっと残念だな」

私たちは同じK大の同級生だが、かつては門松荘というアパートの住人でもあった。

そのアパートは共通の玄関から入って個々の部屋に繋がる古いタイプのもので、台所とトイレは共同、風呂は当然のようになかった。家賃の安さと、大学まで歩いて五分という立地条件以外にいいところはなく、安保闘争の頃から建っているという建物はあちこちガタが来ていたし、板張りの廊下は歩くだけで派手に軋《きし》んだ。私たち四人は入学と同時にそこに入居し、一般教養課程のほぼ二年間を共に過ごしたのだ。

「門松荘と言えばさ」

髪に白いものが目立つようになった島田が、お約束の話を始めた。

そう、門松荘の名前を聞いて反射的に思い出されるのは、例の見えない住人のことだ。つまり——あのアパートには幽霊が出た。

「初めのうちは、ビビッたよなぁ」

懐かしいアパートの姿を思い出しながら、私は言った。

幽霊が出るといっても、その姿を見たものはいない。いわゆるポルターガイスト（騒々しい幽霊）というやつで、人がいないところで音がしたり、品物が勝手に動いたりするのだ。

たとえば夜、部屋に帰ってくると勝手に電気がつく。また、遅くまで廊下を行ったり来たりしている音がするが、実際には誰もいない——そんなことは、あのアパートでは日常茶飯事だった。

「下駄箱の扉が合唱するみたいに動いていたのは、けっこう笑えたけどな」

「あぁ、それは俺も見た」

山本と島田の言う〝下駄箱の合唱〟は私も見たことがある。

玄関を入ってすぐのところに部屋ごとに割り当てられた下駄箱があり、それには木の板の扉がついていた。けっこう厚くて重たい扉なのだが、それが突然、弾みがついたように持ち上がるのだ。まるで蝶番《ちょうつがい》の軋みで音楽を奏でているように、いくつかの扉が、ぎぃ、ぎぃ、ぎぃ……と。

「俺、一回女の子を部屋に連れ込んだんだけど、あの時はまいったぜ。何となくいいムードになって来たなって時に、いきなり窓が勝手に開いてさ。もちろん外には誰もいないから、彼女、悲鳴をあげて逃げちゃったよ」

今は出腹のハゲ親父になっている山本が、過去の栄光を懐かしむように呟いた。門松荘の幽霊の話題になると、彼は必ずこの話をする。

「そうそう、あと、斉藤のビニ本な」

それもやはり、お約束の話——もう一人の仲間である斉藤は、見た目こそ銀縁《ぎんぶち》メガネの秀才タイプだが、随一のエロ本コレクターでもあった。当時、エロ本は薄いビニールにパックされて売られていたのでビニール本、略してビニ本と呼ばれていたものだ。

「あの時のあいつの顔って言ったら……最高だったよ」

斉藤のビニ本収集は誰にも知られていない趣味だったのだが、ある時、みんなで学校から帰ってくると、押入れの中に隠してあったコレクションが、なぜか部屋の扉の前にうず高く積み上げられていたのだ。もちろん、その様子を私も島田も山本も見た。

「うわぁ、何だ、こりゃあ」

まるで『太陽にほえろ！』のジーパン刑事のように吼《ほ》えながら、彼は懸命に体でビニ本の山を隠そうとした。その時にチラリと見えたのだが、かなりヤバい趣味のもの（あえて、どんなものとは言わないが）も含まれていたようだ。

斉藤は見かけどおりに神経質なところがあって、部屋の扉に鍵を二つも三つもつけていた。そのどれも開けられた様子がなかったから、それが見えない住人のイタズラであるのは明らかだ。まるでお母ちゃんみたいなことをするな……と、私たちは大いに笑ったものだった。

だが、斉藤だけは笑わなかった。

彼は昔から人を高みから見下ろすのが好きで、自分の恥になることは絶対に認めないタイプだった。要は変にプライドの高い〝ええカッコしい〟なのだ。年頃の男がエロ本を持っていたって誰も不思議に思わないのに、私たちにそれを見られたのが、彼には無念でならなかったらしい。

ある日、斉藤は怪しげな霊能力者を連れてきた。三十代半ばくらいの太った女性で、眼光がやたらに鋭い人だった。

「あぁ、いますね。確かに、いますね」

門松荘に一歩足を踏み入れたとたん、霊能者は言った。私たちは斉藤を摑《つか》まえて尋ねた。

「おまえ、何をするつもりなんだ？」

「何って……除霊するんだよ。今のままじゃ、落ち着いて住めないだろ？　心配するな、先生への支払いは俺がするから」

そんな風に話している私たちの横で、霊能者の女性はアパートのあちこちを焼き魚の煙でいぶしたり、粗塩をまいたりしていた。

「あれはどうかと思ったよ」

除霊している様を思い出しながら私が言うと、島田と山本は同調した。

「やっぱり霊能者なんて連れてくる前に、俺たちにも相談して欲しかったよな」

「斉藤としては、あの幽霊が憎くて仕方なかったんだろう。エロ本のコレクションをバラされたから」

そう……私たちは、けして見えない住人のことを嫌《きら》っていたわけではなかった。確かに初めのうちこそ気味悪かったが、あのアパートで暮らしているうちにすっかり慣れてしまって、愛着に似た気持ちさえ持っていたのだ。

眼光鋭い霊能者は、どうやら本物だったらしい。門松荘の奇妙な現象は、その日のうちにピタリと止んだ。

それから三日ほどした後だったろうか。

アパートのすべての部屋の扉に、夜のうちに奇妙な紙が差し込まれていた。妙にくしゃくしゃのメモ用紙に、子供が左手で書いたような文字で、こう書かれていた
――『ゴメンナサイネ』。

その手紙ともつかないものを見た時、幽霊の正体は、やっぱり中年の女性……当時の自分たちの母親くらいの年齢の女性ではないかと私は思った。

そう考えれば、いろいろ腑《ふ》に落ちることもある。

部屋の明かりが勝手についたり、下駄箱が合唱したりしたのは、私たちに「お帰り」と言っていてくれたのではないか。廊下を行ったり来たりしていたのは、拭き掃除していたのではないか。女の子やエロ本に関しては、昔の母親なら、みんなすることだ。

「何も、追い出すことはないんだよ」

「そうだよ……あんまり冷たいよな」

昔の仲間が集まって門松荘の話になると、必ず最後はこんな風な言葉で終わる。
もちろん、すべては昔の話になってしまったのだけれど――あの幽霊のその後が、ちょっと気にかかる。

雨の世界

あっちの世界に仕事に行っていたおじさんが、モルフィーの蛹《さなぎ》をお土産《みやげ》にくれたよ。

モルフィーっていうのは、人間の女の人によく似た形の体に蝶の羽根がついている生き物で、早い話、童話に出てくる妖精そのままの形をしているんだ。

あっちの世界では珍《めずら》しいものでもなくて、朝の森の中なんかを当たり前に飛び回っているんだって。大きいのは三十センチぐらい（頭からつま先までの大きさで）のもいるらしいけど、おじさんの話によると、だいたい十センチから十五センチくらいのものが多いんだそうだ。

もちろん僕も実物は見たことがなかったけれど、あっちの世界について書かれた本の中に写真を見つけて、それ以来、欲しくて仕方なくなってしまった。だって、あんなにきれいな生き物は、きっとこっちの世界じゃ、どこを探したってお目にかかれないだろう？　だから、おじさんがあっちの世界に仕事に行くたびに、どうにか手に入れてくれるように頼んでいたんだ。

　約束どおり、おじさんは奇妙な木の枝にくっついた蛹を持ってきてくれたけれど、それを僕にくれる時、ずいぶん浮かない顔をしていたよ。

「こいつは……おまえには少し、難しいかもしれないよ」

「どうして？」

「やはり、あっちの世界とこっちでは、細かな違いがあるからね。こっちの世界じゃ、うまく育たないかもしれないんだ」

「大丈夫だよ、ちゃんと世話するから」

　僕はさっそく屋根裏部屋から、大きな金網の鳥カゴを引っ張り出してきた。ずっと昔に父さんが南国のオウムを飼っていたカゴで、そいつが逃げてしまった後も、物を捨てられない性格の母さんが、ずっとしまいこんでいたものだ。

　僕はそれをきれいに掃除して、床には柔らかい土を敷き詰め、裏庭に生えていたパープルチェリーの木の枝を切ったものを立ててやった。何でもモルフィーが住んでいるのは、水のきれいな川の近くの森が多いんだそうだ。できる限り、似たような環境を作ってやらなくっちゃいけない。

僕はなかなかがんばったつもりさ。

何せこっちの世界でモルフィーを飼育した人なんかいないから、参考になる本もないし、アドバイスをくれるような人もいないだろう？　頼みの綱は、おじさんの知識だけってわけさ。

「温度には注意しないといけないよ。何せ、あっちの世界は四六時中、春のようなものだからね。あまり寒いと弱ってしまうだろう。だから、日光浴を十分にさせないといけない」

「日光浴？」

それは困ったと思った。こっちは雨季の真っ只中で、毎日、雨ばかりだったからね。

太陽は厚い雲の向こうに隠れてしまっていて、ちらりとも顔を出してはくれないし、毎日毎日、天井や庭のポーチを打つ雨音だけが響き渡る楽しくない季節さ。夏には海のようにきらめく麦畑も、赤土がむき出しになった荒地も、すべてはそぼ降る雨に濡れ、じっと息を潜めている——そんな天気が一ヶ月以上も続くんだ。

せめて少しでも日当たりのいいところに置いてあげようと、僕は窓辺の本棚の上にカゴを置くことにした。そこならカーテンを開けておけば、曇《くも》り空とはいえ、ガラス越しに外の光が入ってくるからね。もっともカゴの中を覗《のぞ》くためには、小さな踏み台が必要になるけれど。

蛹が色づいてきたのは、五日ほどした頃だった。

乾いた土のような色をしていた蛹に、くっきりとした赤い線が入ったかと思うと、日増しに全体が鮮やかな緑に変わっていったんだ。ちょうど初夏の頃のセアノサス・シルシフロルスの葉っぱのようにさ。

僕は今まで以上に、温度の管理に注意したよ。もうすぐ夏とはいえ、母さんが薄手のセーターを着るように口うるさく言うほど、雨季は肌寒いからね。

苦労の甲斐あって、モルフィーが蛹から出てきたのは、世話を始めてちょうど二週間が過ぎた頃さ。

残念ながら、羽化の瞬間を見ることはできなかった。

おそらくそれが行われたのは朝早くのことで、僕は何も気づかずに夢の中にいた。

いつもどおりの時間に目が覚めたら、カゴの中のパープルチェリーの木の枝に、背中に蝶の羽を持った小さな女の子が、ちょこんと座っていたんだよ。

彼女は背中の羽が乾くのを待っているらしく、両足を退屈そうにぶらぶらさせて、ガラス窓越しに見える外の世界を眺めていたよ。腰に届くくらいに長いブロンドの髪が、その動きに合わせて揺れているのがきれいだった。体の一部なのか、それとも蛹の一部がついたままなのかはわからないけど、半分透き通ったような薄い服を着ていたのには驚いたな。

「おはよう」

僕は椅子の踏み台に乗って、カゴの中のモルフィーに恐る恐る声をかけた。ティースプーンの先くらいしかない彼女の顔に、驚きの表情が浮かぶのが、はっきりとわかったよ。

「怖《こわ》がることなんかないさ。よく来てくれたね」

僕はカゴの中に手を入れて、コンデンスミルクのような色をした彼女の手足に触れてみたいと思ったけれど、今は遠慮しておくことにした。蛹から出てきたばかりの体は、きっとその瑞々しい羽のように柔らかく、不安定だろうと思えたからだ。

（何か食べ物をあげないと）

モルフィーが何を食べるのか僕は知らなかったけれど、とりあえず土の上に紙ナプキンを敷いて、小さなピッチャーに入れた牛乳と、ちぎったスコーンを置いてあげた。

その日の僕は幸福だったよ。

学校に行っている間も、モルフィーのことで頭がいっぱいだった。友だちに自慢しようかとも思ったけれど、結局は誰にも言わなかった。教えれば見せろと言われるに決まっているし、そうなると、あっちとこっちの世界を自由に行き来しているおじさんのこと（きっと、普通の人にはわからないさ）も話さなくっちゃならなくなるだろう？

それに何より僕は、彼女を独り占めにしておきたいと思ったんだ。あの美しい生き物を、自分だけの宝物にしておきたかったのさ。

僕は教室の窓から雨を眺めながら、新しい友だちの名前を考えた。いくつもの候補を思いつき、二つに絞ることができたけれど、結局、どちらにも決めることができなかった。もし話ができるようなら、彼女自身に選ばせるのがいいだろう。

けれど、学校から帰ると——僕のモルフィーはパープルチェリーの木の枝から落ちて、土の上で突っ伏していた。慌てて手を入れてみると、朝にはコンデンスミルクのような色をしていた彼女の体は、何ともいやな青さに染まっていた。一度も飛ばなかった羽も、画用紙のような手触りになっていたよ。

彼女の命は、たった半日だった。

何が彼女の命取りになったのか、僕にはまったくわからない。やっぱり太陽の光が足りなかったのかもしれないし、僕の部屋が寒すぎたのかもしれない。あるいはスコーンを喉《のど》に詰まらせたのかもしれないし（ほんのちょっとだけ、小さな口で齧《かじ》り取った跡があった）、パープルチェリーの木の枝の匂いが、彼女の体には悪かったのかもしれない。

「やっぱり……こっちの世界では無理だったんだね。でも、おまえのせいじゃない。おまえは、一生懸命にやったんだから」

庭先のシュラブローズの植え込みの下に僕と一緒にモルフィーを埋葬しながら、おじさんは言った。彼女の亡骸《なきがら》は、僕が小さい頃に使ったアルファベットブロックの木のケースに収めた。

「きっとモルフィーは、こっちは雨ばかりの世界だと思っただろうね」

もしかすると、それで彼女は絶望してしまったのかもしれない。その絶望が、彼女の弱い命の火を、簡単に吹き消してしまったのではないだろうか――僕がそう言うと、おじさんは絶対にそんなことはないと言って、力強く抱きしめてくれた。

こちらの世界にも、ちゃんと太陽があるのに……それを見せてあげられなかったことが、なぜだか僕には、とても悔しかったよ。

不都合な真実

　Hくんは僕の大学の後輩で、ある大手百貨店に勤務している三十代の独身男性だ。外見は『ドラゴンボール』に出てくるピッコロというキャラクターに似ているが、いたってマジメな性格で、若いくせに堅物である。何でも笑いの種にしてしまう僕とは正反対の人種なのだが、ある日、その彼が神妙な顔で僕の仕事場に尋ねてきた。

「先輩、実は相談に乗っていただきたいんですが」

　いつも以上に深刻な彼の顔を見て、よほどのことが起こったに違いない……と僕は思った。もともと彼は、滅多なことで人に相談事などしない人間だ。

「ずいぶん思いつめているみたいだけど、どうしたんだい」

　ちょうど仕事が一つ終わったところでもあり、僕は彼を部屋に招きいれた。

「お話しする前に一つお伺いしますが……先輩は、ＵＦＯの存在を信じていますか」

か」

「ＵＦＯって、いわゆる空飛ぶ円盤のこと？」

〝ＵＦＯ〟は未確認飛行物体全般をさす言葉なので確認が必要だったわけだが、何より彼の口から、その手の単語が出てきたことが僕には驚きだった。

「もちろん興味はあるよ」

「実は僕も、昔から興味があったんです」

「へぇ、意外だね」

彼はもっと現実主義者で、存在のあやふやなものを一切認めないものと思っていたのだが。

「確かに僕はそういう性分《しょうぶん》です。けれどＵＦＯに関しては、肯定するにせよ否定するにせよ、材料そのものが、まだまだ不足しているじゃありませんか。今の段階で決断するのは早いと思うんです」

確かに彼の言うとおりで、少ない材料で強引に判断しようとするのは危険なことだろう。

「キミが相談したいって言うのは、何かＵＦＯに関係することなのかい？」

「はい……実は先日、北海道に旅行した時、ハッキリと目撃してしまったんです」

「へぇ、そりゃすごいな」

僕もＵＦＯには興味があるけれど、今までそれらしいものを見たことはない。いつかは見たいものだ……と思っていたので、単純にＨくんがうらやましく思えた。

「先日、ある湖に観光に行きましてね。ちょうど記念写真を撮ろうとした時に、いきなり目の前に現れたんです。まさに至近距離ですよ。石を投げれば当たるくらいに」

「ということは、昼間なのかい？」

「はい。ただ、たまたま周囲に人がいなくて……他の目撃者がいないんですよ」

「どんな風だった？」

「この写真を見ていただければ、一目瞭然です」

そう言いながら彼は、カバンの中から一枚の書類封筒を取り出しながら言った。

「実は……問題は、この写真なんですよ。あらかじめ言いますけど、この写真は絶対に本物ですから。パソコンなんかで偽造したものなんかじゃありません。それだけは信じてください」

封筒の中にはＢ５サイズくらいに引き伸ばした写真が入っていた。それを一目見るや、僕は思わず声をあげてしまった。

「おおっ、これは」

どこか大きな湖のほとりで、三十歳くらいの女性が手すりに体を預けて立っている。おそらくＨくんの彼女と思われるが、なぜか上半身を大きく捻って後ろを見ていた。その視線の先、画面右寄りの山の上に、銀色に輝く物体がはっきりと映っている。

「すごいな！　決定的瞬間じゃないか」

銀色の物体は麦藁帽子《むぎわら》そのままの形で、昔からよく写真に撮《と》られている、いささか古臭いタイプのものだった。よく見ると出っ張った部分には丸い窓らしきものが開いていて、中に人影らしきものが立っているのまで見える。やはりＵＦＯの中には宇宙人が乗っていたのか。

「それはフィルムで撮影したものなので、ちょっと調べてもらえば、偽造の跡がないことがわかるでしょう。正真正銘、本物のＵＦＯ写真です」

確かに彼の言うとおりだった。僕も今までいろいろなＵＦＯの写真を見たが、彼の写真は鮮明さでも信憑性でも、間違いなく十指のうちに入ることは間違いない。

「それで……相談したいことって何だい？　わかった、この写真を発表できるメディアを紹介しろって言うんだね」

「それもありますけど……そのまま見せたところで、誰も信じてくれないと思うんです。その点について、ちょっと意見をお聞きしたいと思いまして」

「うーん、ここまではっきり映っていると、確かに怪しまれるかもしれないな」

明らか過ぎる奇跡は、どうしても疑われてしまうものだ。そこは見る人の判断に任せるしかない気がする。

「いえ、そう言うことではなくってですね……その写真を隅から隅まで、よく見てください。実は、別のものまで写っちゃってるんです」

僕は拡大鏡まで持ち出して、言われるとおりに写真をつぶさに眺めた。

「あれっ、この女の人の後ろに、男の顔がある」

そう、ＵＦＯの方を見ている女性の肩の後ろに、あきらかに別人とわかる男性の顔が写り込んでいた。ちょうど鼻先を、被写体の女性の首筋に押し付けているような感じだ。彼女は手すりにもたれているので、背後に別の人間が立てるスペースはない。

「つまり、これは心霊写真でもあるってわけか……うわっ、しかも女の人の右足が、途中からなくなってるぞ」

スカートから伸びた女性の右足が不自然に消えて、後ろの手すりの支柱が見えている。

「もっともっと、よく見てください」

さらによく見ると背景の湖に、長くて黒い影のような線が入っていた。その線の先は鉤状に出っ張っていて、まさしく太古の首長竜が水面から首を出しているように見える。

「この湖って、まさか」

「クッシーで有名な屈斜路湖《くっしゃらこ》です」

「うーん」

三十分近くチェックした結果、画面の左端にスカイフィッシュらしきものが二体飛んでいるのが見つかり、さらに背景の山の上空にフライングヒューマノイドらしき影が映っているのが確認できた。

「おいおい、ちょっとサービスが良過ぎないか、この写真」

「でも、正真正銘の本物なんですよ」

僕の言葉に、Hくんは口惜しそうに唇を歪めた。

「どうでしょう、先輩……この写真は、やっぱり発表しない方がいいでしょうか」

「やめといた方がいいだろうなぁ」

ラーメンじゃあるまいし、こんな〝全部のせ〟は迷惑だ。とても信じる人間がいるとは思えない。どれか一つだったら良かったのに。

「彼女との旅行の思い出として、胸にしまっておくんだね」

僕が返した写真を封筒に戻しながら、Hくんは小さな声で答えた。

「僕に彼女なんて、いませんよ。この写真を撮った時、ここには誰もいなかったんです」

「えっ、じゃあ、そこに映ってる女の人は……」

〝全部のせ〟プラス〝大盛り〟――いくら何でも、お腹いっぱいだってば。

蚊帳《かや》の外

充子《みつこ》は居間の押入れを開き、半透明の衣装ケースを三つ、立て続けに引っ張り出した。

（確か、ここに入れたはず……どこだろう）

まるでモグラになったような気分で暗い押入れの中を探るが、目的のものは出てこない。一度、それらしい段ボール箱を見つけたが、開けてみると二人の子供が小さい時に着ていた服が入っていた。どうしても捨てられず、取ってあるのだ。

一枚引っ張り出してみると、あまりの小ささに驚く。今は二人とも大きく育ち、元気に中学校と小学校に通っている。

その時、リビングの方で電話が鳴った。充子は無視して押入れの捜索に戻る。思い出に浸っているヒマも、現実の相手をしているヒマもない。

（もしかしたら、六畳の方の押入れかしら）

そこは普段は夫婦の寝室として使っているが、押入れの中は、ほとんど夫の釣り道具やら捨てそびれた電化製品の箱などで埋《う》まっているはずだ。

鳴り続ける電話のベルに苛立ちながら、充子は日当たりの悪い六畳間に入っていき、押入れを開けて上半身を突っ込む。

（あった！）

夫の古いクーラーボックスの横に、探していたものはあった。てっきり段ボール箱の中にしまっておいたと思っていたのに、ふとん圧縮袋に入っていた。

ビニール袋の口を開き、中の薄い布を取り出す。とたんにカビ臭いような匂いが周囲に広がるが、それに混じって、磨き込んだ木のような匂いもする。

ちょうどいい、この部屋に吊ってしまおう――六畳間の天井の四隅に目を走らせて、充子は思った。子供の頃はいつも祖母にやってもらっていたが、なに、蚊帳を吊るなんて簡単だ。適当な横木に釘を打って、蚊帳についている紐《ひも》を結べばいいのだろう。

充子は玄関先に行き、下駄箱の下に入れっぱなしになっている工具箱を引っ張り出した。中にはハンマーや鋸《のこぎり》が入っていて、夫が気まぐれに日曜大工した時に余った釘も一緒に放り込んである。

(早く……早くしなくっちゃ)

工具箱の中に散らばっている釘を拾い集める間に、再び電話のベルが鳴る。やっと切れたかと思ったのに、三十秒も経たないうちに——もちろん出ない。

台所に寄って、食卓とセットになっている椅子を一つ持ち、六畳間に戻る。それを踏み台がわりにして、天井近くの横木に釘を打ち込んだ。力まかせに叩いて曲がったり、何本かはどこかに弾け飛んでしまうが、いちいち構ってはいられない。すぐに別の釘を試す。

ようやく四本の釘を打ち込み、蚊帳を広げて、縫《ぬ》い付けられている紐をくくりつけた。やがて不恰好《ぶかっこう》に歪んだ形の薄布の部屋が現れる。

(できた!)

片側をめくりあげ、押入れから引っ張り出した掛け布団を一枚持って、急いで中にもぐりこむ。とたんに周囲の景色が、ぼんやりと霞んだ。

充子は、そこでようやく大きな溜め息をついた。

ここにいれば大丈夫だ。この中にいれば、悪いものや怖いものは入ってこない――子供の時、祖母がそう言っていたではないか。

この蚊帳は、田舎の母の実家で使っていたものだ。

子供の頃、夏休みに遊びに行くと、毎夜のように祖母が部屋に吊ってくれた。東京生まれの充子には、蚊帳そのものが珍しくもあったが、何より田舎の蚊《か》や蛾《が》、小さな甲虫などが苦手だったからだ。

そもそものきっかけは、充子が小学校の低学年の頃、寝ている顔を蛾の羽根に撫《な》でられたことだった。その時は思わず悲鳴を上げて泣き叫び、すぐに東京に帰ると駄々をこねてしまった。

「ミッちゃん、この中だったら、悪いものも怖いものも入ってこないからね」

せっかく遊びに来た孫を帰したくない一心か、祖母は真夜中にこの蚊帳を納戸から出してきて、手際よく吊ってくれた。祖母の家でも、すでに使わなくなって久しい骨董品だった。

蚊帳の中にいると、本当に安心できた。大嫌いな虫は入ってこないし、周囲の景色も霞んで不思議と落ち着く。すっかり蚊帳が気に入った充子は、滞在中は必ず吊ってもらうことにした。

　毎晩入っているうちに、やがて別の効用があることに気づいた。

　ある時、伯父夫婦が隣の部屋で派手な夫婦喧嘩を始めたことがあった。伯父が伯母を殴る音や伯母の嗚咽《おえつ》、何か瀬戸物が壊れる音が響いてきて、ずいぶん深刻なものだとわかったけれど、蚊帳の中にいると、ほとんど気にならなかった。普通なら自分も泣き出してしまうくらいに怖さを感じるはずなのに、蚊帳の薄い壁に守られているだけで、なぜだか落ち着いていられるのだ。

　そう、嫌な虫ばかりではなく、そういう悪い気配のようなものも、蚊帳の中には入ってこられないのだろう。

　充子が二十歳の頃に祖母が亡くなり、それを機に母の実家を改築することになった。古いものを有難がらない伯父は、いろいろなものを惜しみなく捨てたが、充子は特別に頼んで、この蚊帳だけは取っておいてもらった。捨ててしまうには惜しいと思えたからだ。

　以来、蚊帳は充子のものになったが、実際に吊《つ》ったことは数えるほどしかない。結婚したばかりの頃、新居のアパートに面白がって吊り、夫と少し趣の変わった夜を過ごしてみたり——子供たちが小さい頃、遊びがてらに吊って見せたくらいだ。

けれど今どうしても、この蚊帳が必要だった。この中にいないと、悪いものや怖いものが入ってきてしまう。運命という名の蛾が、穏やかに眠る自分の顔を撫でていくことになる。

突然、玄関先で呼び鈴が鳴る。

悪いものが来た、と充子は直感し、蚊帳の中で布団に包まって体を硬くした。

（来るな……帰れ、帰れ）

やがて玄関の鍵が開く音がする。車で十分ほどのところに住んでいる母に違いない。万一に備えて、スペアキーを一つ渡してある。

「充子、あんた、いるんでしょう？」

慌てたような母の声。ドタドタと大きな音を立てて、中に入ってくる。

「充子！」

母の足音が近づいてくる。来るな、来るな、来るな……。

「さっきテレビで言ってた飛行機……まさか一樹《かずき》さんや洋介《ようすけ》たちが乗ってたやつじゃないわよね？　違うわよね？……ちょっとあんた、何やってんのよ、蚊帳なんか引っ張り出して」

「帰ってよう」

蚊帳の中から充子は叫《さけ》んだ。大丈夫、この中にいれば、悪いものも怖いものも入ってこない。おばあちゃんが言っていたし、本当にそうなんだもの。

「どうなの！　あの飛行機……洋介たちが乗ってるやつなの？　違うでしょ？　違うわよね？」

その時、再び電話が鳴った。止めたのに、母は出てしまう。

「はい……鈴本です。えっ、航空会社の方ですか。もしかすると、さっきテレビで言っていた飛行機に……えぇっ！」

最後の方は、絶叫だった。

その三十分ほど前に、夫と子供二人が乗った国内線の飛行機が消息を絶ったというニュース特報がテレビで流れた。心おきなく親子で海釣りを楽しむために、船酔いする充子は置いていかれてしまったのだ。今朝、楽しげに出かける三人を玄関で見送ったばかりなのに。

（だいじょうぶ……この中にいれば、悪いものも怖いものも入ってこないんだ）

蚊帳越しの霞んだ景色の中で、母が受話器を握りしめたまま、ぶざまに腰を抜かして倒れるのが見えた。

その音が、不思議と遠く聞こえる。

果てしなき森

詳しい地名や、具体的な位置を示すことは何も言えないのだけれど――十七年前の春、父さんと二人で某県のH山に登りに行った時のことだ。

H山はいくつかの連山の一つで、たいした高さではないが起伏に富んでいて、苦労の多い山として知られている。しかも頂上まで緑に覆われていて、歩く分には気持ちがいいが、達成感に乏しいので面白みが薄かった。そう離れていないところに風光明媚《ふうこうめいび》な眺望で知られるY岳があったので、たいていの登山客はそちらの方に行ってしまう。わざわざH山に登ろうというのは、よほどの渋好みか、その界隈の山をコンプリートしたい……という人間くらいのものだったろう。

若い頃からトレッキングが好きだった父さんは、一人息子にも同じ趣味を持たせたかったらしく、僕は小さい頃から、東京近郊の山を次々と登らされたものだ。だから中学生といっても、それなりに山歩きのコツを知っているつもりだった。

けれど、そんな慢心がいけなかったのだろう——山の中腹近くの細い道を歩いている時、僕はうっかり足を踏み外してしまい、斜面を十五メートルほど滑落してしまったのだ。

「大丈夫か、しっかりしろ」

父さんはすぐに斜面を降りてきて助けてくれた。幸い岩がむき出しになったような場所ではなかったので、僕は何箇所かに擦り傷を負っただけで済んだけれど、困ったのは登山ルートを大きく外れてしまったことだ（滑落したところを昇れば戻れるだろうに……と思うのは素人考えで、装備もなしにそんな無謀はするべきではない）。

「とにかく、どこかの道に出なければ」

父さんは地図とコンパスを駆使して、本来のルートに戻る方角を探した。

周囲は密林のようで、木々の間から太陽がかろうじて見えるような状態だ。地面も草に覆われていて、人が踏み均《なら》したような形跡もなかった。うかつに進むと遭難に繋がるので、僕たちは数十メートルごとに地図を確認しながら、慎重に深い森の中を進んでいった。

ところが、どういうわけか――途中からコンパスが利かなくなった。どこかにぶつけて壊れたのかもしれないが、ふらふらと揺れるばかりで、いつまでも針が止まらないのだ。それでも父さんは、木々の間からかろうじて見える太陽の方角を頼りに前進した。

ようやく森を抜けたと思ったのは、緑の迷路の中を二時間ほど彷徨《さまよ》ってからだった。突然に風景が開けたかと思うと、目の前に灰色の高いフェンスが出現したのだ。

「父さん、ここは何なの」

「何かの工場かな」

フェンスは三メートルほどの高さのコンクリート製で、上には金属の棘《とげ》が均一の間隔で埋め込まれていた。町の中なら特に疑問を感じないけれど、深い山の中で唐突に出会ったなら、どこかいわく有りげに見える。

僕らは額を突き合わせて地図を眺めたが、それらしい表示は見つからなかった。こんな大きな施設なら、必ず地図に載っているはずなのに。

「もしかすると森の中を歩くうちに、町まで降りちゃったのかな」

「それはないだろう……俺たちは横には歩いたが、少なくとも下った覚えはない」

僕たちは首を捻りながら、そのフェンスを見上げた。

「おまえ、ちょっと中を覗いてみろ」

やがて父さんは、そう言ってフェンスに手をついて屈んだ。普通の肩車ではフェンスの向こうまで見ることはできなかったので、僕は靴を脱いで父さんの肩の上に立った。

フェンスの向こうにあったものは——何となく飛行機の滑走路を思い出させるような、平たいコンクリートの地面だった。当時の僕が通っていた中学校が二つ、校舎と校庭ごと入ってしまうくらいの広さ……と言えば、何となく伝わるだろうか。

左側の奥には小さな建物が三つ、ある程度の距離をおいて建っていた。真ん中にあるのは二階建ての四角い建物で、なぜか一つも窓がなかった。その代わりというわけではないだろうが、衛星放送を受信するアンテナを何倍にも大きくしたようなものが屋上に乗っかっていた。

その建物を挟むように、白い二等辺三角形の建物があった。正面にはドアのようなものがついているけれど、何人も入れるような広さはなさそうだ。むしろ形から考えて、ドアの向こうはすぐに階段になっているのではないかと思える。つまり、この施設には地下があって、その入り口なのかもしれない。

さらに奇妙だったのは、地面の上に白い塗料で複雑な図形のようなものが描いてあったことだ。一瞬、陸上競技のトラックかと思ったけれど、よく見るとそうではなく、多くの直線とちょっぴりの曲線で、何かの模様が描いてあるらしい。その模様に、僕はぼんやりとした記憶があった——あれは確か、ナスカの地上絵の『ハチドリ』じゃないか。

「あなたタチ、なにしてマスか」

その瞬間、不意に背後で人の声がした。僕は反射的に父さんの肩から飛び降りたけれど、その時にはすでに五人の奇妙な人間が僕らを取り囲んでいた。人が近づいてくる気配なんか、まったくしなかったのに。

五人の人間は揃いの薄いグレーのツナギ服を着ていて、一人の男を除いて奇妙なデザインのフルフェイスのヘルメットを被っていた。シールドがスモークだったので、どんな顔をしているのかもわからなかったが、それぞれが手に警棒のようなものを持って身構えている。

「あなたタチ、どうしてココにいますか」

ただ一人だけ顔を出している男が、奇妙なアクセントの日本語で言った。オールバックにした髪をムースで固め、話している間に口以外はまったく動かさなかった。年齢は、だいたい三十代半ばくらいだろうか。

「息子が滑落してしまって、道に迷ってしまったんです」

「そうデスか。でも、ココは普通のヒトが来てはいけないトコロです」

「何の施設なんですか、いったい」

「あなたタチ、知る必要アリマセン」

男がそう言って軽くうなずいた瞬間、警棒を構えた人間の一人が、すばやくポケットからスプレーのようなものを取り出して、僕の顔面に吹きかけた。

「息子に何をするんだっ」

父さんは叫んだけれど、その声はたちまち遠くなった。僕の意識が、すごい速さで遠ざかっていったからだ。

僕は立っていられなくなり、そのまま地面に倒れた。その時、必死に父さんの方に顔を向けようと首を捻じって、確かに見たのだ——僕らの頭上に、銀色に光る大きな物体が音もなく浮かんでいるのを。

次に意識を取り戻したのは、町の病院の小さな病室だった。目を開けて最初に見たのは、ホッとしたように笑っている父さんの顔だった。

「父さん……僕ら、どうなったの」

「おまえは山で滑落したんだよ。覚えてないのかい」

「もちろん覚えてるけど……その後、変な飛行場みたいなところを見つけたでしょう」

僕の言葉に父さんは眉をひそめて答えた。

「何を言ってるんだ？　あぁ、そんな夢でも見たのか」

いや、絶対に行ったよ……と言おうとしたけれど、不思議と記憶はぼやけていた。確かに夢だったような気もする。常識的に考えれば、山の中にあんな施設があるはずない。もしかすると滑落した時、僕は頭のどこかをぶつけでもしたのだろうか。

そう考えた時、意識を失う直前に見たものの姿を、僕は唐突に思い出した。銀色に輝く円形の大きな物体――あれは、まさしく。

「確かＵＦＯが」

なおも言おうとした僕の口を、父さんは大きな手でふさいだ。そして、それまで見たこともないような怖い顔で言ったのだ。

「夢だよ。全部夢なんだ。だから絶対に二度と、そのことを口に出しちゃいけない」

僕は言葉を呑《の》み込むしかなかった。父さんが聞こえるか聞こえないかくらい小さい声で、こう付け足したからだ――さもなきゃ殺されるぞ。

十七年の歳月が流れた今でも、その時の父さんの怖い顔を思い出すたびに、僕は果てしない森の中を歩き続けているような気がする。

母さんの秘密

母さんが亡《な》くなって二週間――直後の悲しみはそれこそ嵐のようだったけれど、父さんも私も弟も、ようやく普段の生活に戻ろうとしていた。

もちろん、あくまでも表面的には……という意味だ。家族を亡くした悲しみなんて、世界の誰にも克服なんかできはしない。心にポッカリと穴を開けたまま、それでもむりやり通常モードに戻んなくっちゃなんないのだ。

「ネェちゃん、もう聞き飽きたかもしんないけどさ……まさかオフクロが、こんなにあっさり死んじゃうなんて夢にも思わなかったよ」

日曜日の午後、押入れの中の母さんの遺品を片付けている時に、弟が感慨深げにつぶやいた。母さんが亡くなってから、こいつはずっと同じ言葉を繰り返している。まだ十七歳なんだから、無理ないかもしれない。

けれど、それ以上に五十代初めで連れ合いに先立たれた父さんの落ち込みようは見ていられなかった。葬式やら何やらの間はがんばっていたけれど、すべてが終わったら、急に糸が切れたみたいになってしまったのだ。日がな一日、縁側で猫のズビをあぐらの穴に納めたまま、ぼんやりしている。話しかけても、あいまいな返事が妙に遅いテンポで返ってくるだけだ。

「それは私だっておんなじだよ。まさか、あんなに丈夫だった母さんがね」

弟の言葉に答えながら、母さんが愛用していた薄手のセーターを広げる。

晩秋の頃にぴったりの、くすんだオレンジ——色もデザインもいいけれど、とてつもなくデカい。私だって、けしてスリムなわけではないけれど、これを着たら襟口が胸のあたりまで来てしまいそうだ。気取って腰に巻いたらスカート、肩に巻いたらマントになるに違いない。

「母さん、少しダイエットすればよかったのよ……やっぱり四十歳女性で、このサイズはどうかと思うわ」

ハッキリ言って母さんはデブだった。身長は私と同じ百六十と少しなのに、体重は百キロあった。いや、それはあくまでも〝公称〟で、実際は百二十キロか百三十キロくらいあったかもしれない。

だからお棺《かん》に入れる時は苦労したし、運ぶのも苦労した。弟や親戚の若い男の子たちが八人がかりで運んだけれど、みんな悲しい顔をするのも忘れて「よっこらしょ！」と、純粋な力仕事モードになっていたものだ。

ちなみに母さんの死因は脳溢血《のういっけつ》——二週間前の朝、トイレで下着を下ろしたまま事切れたのだ。私が聞いた最後の言葉は「ガッツリ、ブッぱなすわよう」だった。母さんは重度の便秘で、久しぶりに出そうなのが嬉しいのはわかるけど、何よりによって。

「どう考えても、体に良くないもんね。もっと厳しく言えばよかった」

「いや、いいんだ……母さんはあれで」

縁側に座って狭い庭を眺めていた父さんが、突然つぶやいた。

「スマートだったら、破邪《はじゃ》の腕輪《うでわ》がすっぽり入っちゃうだろうが」

「はじゃのうでわ？」

私と弟は顔を見合わせた。いったい何を言い出すのかと思ったら——とりあえず私たちは、聞こえなかったことにした。

「そもそも洋服だって、普通のスーパーじゃ買えなかったでしょ？　あんなケチな母さんなら、それがどんなにムダなことかわかってたはずなのに」

母さんの着るものは下着からコートまで、すべて特大サイズの店でしか買えなかった。ああいうところは、量販店ほどの値引きは期待できない。

「そうだよなぁ……母さんは本当にケチだったよ。セコい生活の知恵をやたらと実践してたけど、風呂の中に水を入れたペットボトルを入れるのだけは、カンベンして欲しかったな。あれで、どのくらい水道代が浮くんだろうね」

そこでまた父さんが控えめな声で言った。

「雷鳴《らいめい》の衣《ころも》に袖が通るようになったら、一大事だからな……風呂に沈めてあったペットボトルは、万一『魔』が襲ってきた時に撃退するための龍牙水《りゅうがすい》だ」

私と弟は、再び顔を見合わせた。

弟の眉毛はピクピクと忙しく動いて、心の動揺をそのまま表している。口には出さないけれど、弟はこう言いたいに違いない――やべえ、オヤジ、何かおかしいぞ。

「父さん」

私は、なるべく優しい声で言った。

「さっきから、なに言ってるの？」

「破邪の腕輪とか雷鳴の衣とか龍牙水とか……ＲＰＧのアイテムじゃないんだからさ」

弟が笑いを含んだ声で付け足す。

「お前らには秘密にしていたんだが」

父さんはズビの喉《のど》を撫でながら、それこそ猫撫で声で答えた。

「母さんはもともと、退魔師の一族だったんだ」

そう語る目はどこかうつろで、私は本格的にヤバいかもしれない……と思った。

配偶者の死がきっかけで精神不安定になる人の話は聞いたことがあるけれど、まさか父さんも。

「何よ、退魔師って……魔法使いみたいなもの？」

かなりビビリながらも、私はなるべく冷静な声で話を合わせる。

「大雑把《おおざっぱ》に言えば、そんなもんかな。神の力を宿した道具を駆使して、鬼だの妖怪だのの『魔』を人知れずやっつけるんだよ……でも、それは相当に辛い仕事でな」

奇抜な衣装に身を包んで護符を指に挟んだ、今どきの美少女アニメのようなスタイルをした母さんの姿が脳裏《のうり》に浮かんだが、私は慌てて打ち消した。それって、あり得ないから。

娘の私が言うのもなんだけど、母さんは典型的なダメダメ主婦だった——痩《や》せなきゃと言いつつ、お菓子を手放さず。冷蔵庫の中にとろけたキュウリと芽の伸びたタマネギを常備し。食事の大半はレトルト系の、お袋の味ならぬ『フクロの味』を愛用し。一日の大半をテレビの前で過ごして、ヨン様、ハンカチ王子、ハニカミ王子と渡り歩き。ドラマを見れば誰が悪いかと断罪したがり。パソコンをパコソンと言い。チラシ以外の活字はすべて拒絶し。掃除は限界ギリギリまで手を出さず。手を出しても、とりあえず生活する場所だけキレイになれば、すぐにやめ。体重で温水便座を割り。買い物に行けば、余計なものばかり買い。そういう自分を棚に上げて、父さんの給料が減ったことに口を尖らせ。父さんが「自分のことを棚に上げて、俺にばかり文句を言うな」とキレようものなら、「棚に乗るだけいいでしょ」とワケわかんないことを言い。寝る時には大いびきと呼吸停止を繰り返し——という具合に、まぁ、あまり手放しで褒《ほ》められる人ではなかったのだ。それがどうして、そんなカッコいいキャラクターに設定されるのさ。

「母さんは若い時から、ずーっとがんばってたんだけどな。戦いに疲れて、退魔師を辞《や》めたのさ。もっとも辞めたくなったからって、簡単に辞められるものじゃなくってな。だから、もう故郷には帰らないと決めて、親や一族を裏切って逃げたんだ」

確かに私は、母方の親類には誰もあったことがない。おじいちゃん、おばあちゃんは、もう死んだと教えられているし、母さんの故郷にも行ったことがない。だからと言って、そんな話が信じられますかっての。

「念のために退魔道具だけは持ってきていたんだが、二度と使うことのないように封印していたんだ。けれど、どういうわけか……ごくたまに使いたくて仕方なくなるらしい。それはつまり、道具の方が母さんの中の退魔師の血を呼び続けていたわけなんだが……このままだとその声に応えてしまうかもしれないと、母さんはわざと太ってサイズアップし、せめて装着型の道具だけでも使えないようにしたんだよ。つまり、自分の方を封印したってわけだ」

「ちょっと父さん、いい加減にしてよ。ムリがあり過ぎるでしょ、そんな話……」

弟がスットンキョウな声をあげたのは、そんな風に私が父さんに嚙《か》み付いた時だ。

「ちょっと、ネェちゃん、これ」

振り向くと弟が、奇妙な形のツルギのようなものを両手で捧げ持って呆然としていた。

「押入れの奥に、白い布に包んで隠してあったよ」

「あぁ、それは『紅蓮《ぐれん》の剣《つるぎ》』だ。刀身から火が出る時があるから、気をつけろよ」

父さんは何でもないように言った。

「それに、このお茶箱……何か変なものがいっぱい入ってる」

弟が押入れから引っ張り出した茶箱を、私も慌てて覗き込んだ。確かに言葉通りに、奇妙な法具のような物がいっぱい入っていた。

「父さん、これは……」

目に付いたものを片っ端から手に取って尋ねると、父さんはすらすらと教えてくれた。何でも昔、一つ一つの名前と効果を母さんから聞いたらしい。護身の冠、流水の衣、沢渡《さわわた》りの沓《くつ》、さっき出た破邪の腕輪、木霊《こだま》の耳当て、不砕《くだけず》の手甲、全国鬼《ぜんこくき》神便覧《じんびんらん》……どれもこれも、普通ではあり得なさそうな物ばかりだった。

「カンベンしてよ、もう……こういうのは、マンガやゲームだけで十分」

私は茶箱のフタを閉め、弟の手から何たらの剣を奪い取ると、勢いよく膝《ひざ》で叩き折った。

「私の母さんのイメージを壊さないで」

そう、私はグータラな母さんが大好きだった。今さらカッコいい過去をつけられても困る。

結局、その茶箱の中身は、すべてゴミの日に出してしまった。弟もそれに賛成してくれたし、父さんも何も言わなかった。

その後、特に変わったこともないし、仏壇の母さんの写真を見るたびに、私はホンワカした気分になっている。もしかしたら広い世の中のどこかには、人知れず『魔』を退治しているような人が本当にいるのかもしれないけれど、そういう人たちには「ゴクロウサン」と言ってやりたい。

とにかく人間、無事これ名馬……でしょ？

メリィ・クリスマス

ささやかな、本当にささやかな奇跡のお話です。

かれこれ三十年くらい昔のことになりましょうか——確か十二月半ば、霙交《みぞれ》じりの雨が降っていた夜であったと思います。

その時、私は死ぬことばかり考えていました。

当時、私は二十七歳の若者で、絵描きを志して上京し、すでに池袋近くの下宿で八、九年の歳月を過ごしていました。けれど、いくらがんばっても芽が出ず、いい加減、自分の才能に疑いを持っていた矢先、今度こそ……と渾身《こんしん》の力をこめて挑んだコンテストに落選して、私はすっかり打ちのめされてしまいました。

今ならば、仮にも芸術を志した者が十年足らずで結論を出そうとするのは、短気で考えの浅いことであるかわかります。けれど、やはり私も若かったのでしょう、届いたばかりの落選通知をコートのポケットにねじ込んで、やたらに尖《とが》った眼差しで、池袋の繁華街を一人飲み歩きました。アルバイトでもらった給料が少し残っていましたので、それを全部飲み切ってしまった後、どこぞのビルから飛んで、こんなつまらない人生を終わらせてしまおうと思っていたのです。冷たく凍えたアスファルトを、アルコール分の多い血でつかのま暖めるのも芸術的だと、自嘲的に考えたりもしていました。

そのうち小さなバーのような店を見つけ、私はそこに入りました。ご多分にもれず、その店も十人程度が坐れるカウンターがあるだけの狭い店です。奥の壁にはオードリー・ヘップバーンのモノクロポスターが張ってありましたが、タバコの脂にまみれて、魅惑のファニーフェイスも形なしでした。

カウンターの中にいるのは、そろそろ五十に手が届こうかと思えるくらいの女性一人でした。分厚い化粧が肌の衰《おとろ》えを際立たせていて、どこか無残な雰囲気が漂っていたように思います。大きく胸の開いた服を着ていましたが、その乳房《にゅうぼう》の薄さも私には物悲しく見えました。

「……いらっしゃい」

女性はタバコを指先に挟んで私に声をかけましたが、その顔はどことなく迷惑そうでした。

それもそうでしょう――私の足はすでにフラついていましたし、傘も差さずに歩いていましたから、全身濡れ鼠です。おまけに身なりも貧しく、間違っても大金が取れるような客ではないのは明らかで、彼女にすれば、面倒そうなのが来た……というところが本音だったかもしれません。

けれど私は、実際にはたいした面倒をかけませんでした。二杯めの水割りを飲んでいる途中に、うつらうつらと眠ってしまったからです。すでに前に呑んでいた店で、もう帰った方がいいよ……と勧められるほどに、私は酔っていました。

幸いと言っては何ですが、その店はあまり流行っているわけでもないらしく、私がカウンターの端で舟を漕いでいても、席が足りなくなるような心配はなさそうでした。私はそこで何度か意識を飛ばし、頬杖が外れるたびに目を覚まして……を繰り返していました。

「お兄さん、今日はもう呑まない方がいいわよ」

その店では二杯しか飲んでいない私に、女性は言いました。それに答える代わりに、私は一杯の水を求めました。

「まったく、しょうがないわねぇ」

女性は水割りのグラスに氷を入れ、それに水を満たして、私の前に置きました。私は一息にそれを飲み干し、すぐさまお代わりを頼みました。女性は少々邪険な手つきで、グラスをカウンターの上に置きました。

（やれやれ……人生の最後に、こんなに冷たくされるとはね）

酔った頭で、私はそんなくれたことを考えました。悪い時には、そんなものです――捨て鉢な気持ちが他人の冷淡を誘い、それがまた心を捩《ねじ》れさせるのです。

私はグラスを手の中で守るように持ちながら、再び意識を飛ばしました。カウンターの女性は、私の相手などする気はまったくないように、常連らしい男性の二人組と、何やら下半身に関する話題を熱っぽく語っていました。

その声が、すーっと遠ざかった時です。

耳のすぐ後ろあたりで、誰かがこんな風に囁く声が聞こえたのです――「あきらめたら、おしまいだよ」と。

何だか、小さな子供のような声でした。むろん、そんな時間の池袋のバーに、子供などがいようはずもありません。

私はハッとして頭をあげ、あたりを見回しました。カウンターの女性は私から離れたところにいて、少なくとも私の手が届く範囲には誰もいませんでした。もちろん、子供の姿もです。

（未練だなぁ）

私はそう考えました。きっと私の中に死にたくない気持ちが残っていて、それが変な幻聴を聞かせたのだろうと思ったのです。

この水を飲んだら、もう行こう。そしてそのまま、どこかのビルから飛ぼう――

私は勢いをつけるように、水のグラスを口に運ぼうとしました。

けれど小さな奇跡が、そのグラスの中に起こっていたのです。

（あれ……いつのまに）

冷えて曇ったグラスを、私はまじまじと眺めました。

いったい、いつのまに飛び込んだのでしょう――氷水の中に薄いレモンスライスが一枚、入っていたのです。

（ママさんかな）

私はカウンターの女性を見ましたが、彼女は客との会話に夢中でした。また、近くにレモンスライスらしいものもありません。

凍えた水の中で、レモンの黄色が凛《りん》とした輝きを放っていました。断面は瑞々しく光り、命あるものの新鮮さを感じさせます。

グラスに口をつけると、あるかないかの酸っぱさが、酔いしれた舌を目覚めさせてくれるような心地がしました。ゆっくり体に染み込ませるように時間をかけて飲み、グラスが空いてしまう頃には、なぜだか私の心は温かなものに満たされていました。

「ごちそうさま」

思わず呟《つぶや》いた私の方に顔を向けて、カウンターの女性がほのかに笑いました。ほどほどの値段の勘定書きを目の前に差し出すと、「ちゃんと帰れる？」と尋ねます。

「大丈夫だよ」

私はそう言いながら代金を支払い、最後に付け足しました。

「……メリィ・クリスマス」

「何言ってんの、クリスマスは、まだ先じゃないの」

女性は初めて、人懐っこい笑顔を私に向けてくれました。

あのレモンスライスが、どういう経緯でグラスに飛び込んだのか、私には今もってわかりません。私の意識が飛んでいる間に、女性がそっと差し入れた……というのが、実際的な解釈なのかもしれません。

けれど、真相はどうでもいいのです——畏《おそ》れ多い言葉ですが、あの刹那《せつな》に、私が神の存在を感じたのは間違いないのですから。

神自身の手によるものでも、また人の手が介したものだとしても、あの薄いレモンスライスこそが奇跡です。あの鮮やかな黄色を、私は一生忘れないでしょう。

それ以後、私は死ぬことを考えなくなりました。

どうしても心が苦しい時は、身近な人と言葉を交わし、元気をもらうようにしています。なるべく温かく優しい言葉を口にするようにして、見ず知らずの人にも笑顔を向けるように心がけています。たったそれだけのことで幸せは来るのだと、グラスの中のレモンが教えてくれました。

みなさまにも、すばらしい奇跡が訪れますよう——メリィ・クリスマス。

暗号あそび

ガラスに手製の飾《かざ》りを貼り付けた保育園の窓から見ると、冬だというのに、雨はかなりの強さだった。いっそ雪になってくれれば子供たちも喜ぶだろうに、それにはもう少し冷え込まなければならないだろう。

「高橋《たかはし》先生、今日は外に出られませんね。どうしますか？」

保育士二年目の工藤《くどう》香織《かおり》が、不自然に描いた眉をひそめて言う。いつもなら子供たちを連れて近くの公園に散歩に出る時間だが、急に降り出した雨のせいで、中止にせざるを得なくなった。何か別の遊びを考えなければならない。

「そうねぇ」

保育室の中で勝手気ままに好きな遊びをしている子供たちを見ながら、私は考えた。このタンポポ組の受け持ち保育士は本来三人だが、最年長の小山田《おやまだ》先生が年休を取っているため、今日は私がリーダーだ。何か子供たちのためになるアイディアを出さなければ。

「暗号あそびなんかどうかしら」

受け持ちのタンポポ組の子供たちも、来年には小学校にあがる。少しでも勉強の足しになるような遊びがいいだろう――そう思って考えついたのだが、我ながらグッド・アイディアだと思う。

「何なんですか、暗号あそびって」

「すぐにわかるわよ」

意味なく走り回ったり、積み木で高い塔を作っては崩している子供たちに、私は言った。

「さぁ、みんな、今日は字を書いて遊びましょう。お給食の形に机を並べて」

私の言葉に、子供たちは隅に片付けてある机に我先に飛びつき、働きアリさながらに部屋の真ん中に運んだ。

〝お給食の形〟というのは、それぞれのグループごとに机を向かい合わせに並べることをいう。この組の子供は十八人で、五人グループと四人グループが二つずつできる。

「じゃあ、みんな、お道具箱から、クレヨンを持ってきてね……今日は、暗号あそびをしますよ」

「暗号あそびって、なーに?」

工藤香織と同じことを、子供たちは口々に尋ねた。

「暗号あそびっていうのは、言葉の中に、別の言葉をかくれんぼさせることです。いいですか? 先生のお話を、ちゃんと聞いてくださいね」

クレヨンを用意して席に着いた子供たちに、私はハガキ大に切った紙を三枚見せた。みんなが机を運んでいる間に、それぞれにある言葉を書いておいたのだ。

「さぁ、これはなんて書いてあるかな」

「ととろ……『となりのトトロ』のトトロだ」

子供たちは口々に言った。そう、『ととろ』だ。平仮名で書くと変な感じだが、カタカナはまだ読めない子がいるので仕方ない。

「じゃあ、これは」

「けむし!」

「最後のも読めるかな」

「いちご！」

「そう……『ととろ』に『けむし』に『いちご』だね。実はこの中に、別の言葉がかくれんぼしてるよ。何だかわかるかな」

子供たちは首をって、半ばあてずっぽうにいろいろな言葉を並べる。やがて四月生まれの、発育では少し先を行っている男の子が、顔を輝かせて叫んだ。

「わかった！　先生、『とけい』でしょ」

「ピンポーン！　大当たりぃ」

大げさに拍手した後、私は説明した。

「それぞれの言葉の最初の字だけを読むと、と、け、い……ほら、『時計』がかくれんぼしてたでしょ。これが暗号あそびよ。みんなもグループのお友だちと相談して、同じようなクイズを作ってみましょう。一人一つ、必ず書けるように字の数を選んでね。あとで問題を出しっこするよ」

他のグループの子に聞こえないように、子供たちは顔を寄せ合って相談を始めた。初めに隠すべき四文字ないし五文字の言葉を決めて、それに合わせた言葉を探すのは、子供には骨が折れることのはずだ。特に『ん』という文字が入る言葉は、隠す言葉には使えないとわかれば、かなり難しい問題だと気づくだろう。

しかし、そうすることで頭が柔《やわ》らかくなって、言葉に対する感覚が磨かれる。さらに、問題の言葉をハガキ大の紙に書かせるので、字を書く練習にもなるに違いない。

「そろそろ、できたかな。じゃあ、メロングループさんから、問題を出してみて」

私が指名すると、グループ全員が立ち上がって、自分が書いた紙を見せながら読み上げげた。出てきた言葉は、『じかん』、『やさい』、『どあ』、『うさぎ』、『しんぶん』、──少し考えれば、すぐに『じどうしゃ』だとわかる。

続いて二番目の四人グループは、『じしゃく』、『きかい』、『そらまめ』、『うし』で、答えは『そうじき』。三番目は五人グループで、『プリキュア』というアニメキャラクターが答えだった。四番目は、なぜか『ころっけ』。

そんな調子で、それぞれのグループに二回ずつ問題を出させると、あっという間に午前の遊び時間は終わってしまった。

「何だか、頭をいっぱい使った感じ」

『暗号あそび』の後、子供たちはどこか眠そうな顔で口々に言っていた。どうやら、相当な頭の体操になったようだ。

（狙い通りに、有意義な時間を過ごせたようね）

私は満足だった——なぜかというと常々、子供たちを遊ばせてばかりいる保育園の方針に、不満を感じていたからだ。

幼稚園では、当たり前に文字や足し算・引き算を教えている。中には外人講師を招いて、簡単な英語をやっているところまであるらしい。

それを思うと、あくまでも保育（つまり、親に代わって子供の面倒を見るということだ）を主眼においている保育園でも、そういった教育的なことをするべきではないか……と、私は常々思っていた。意味なく走り回らせたり、積み木を高く積ませていればいいというものではない。少しでも頭を使う時間を増やさせた方が、きっと子供たちのためになるはずだ。

だから今までに何度か、無理に算数の初歩や漢字を教えたこともある。

園長からは、あまりやり過ぎないように……と注意を受けたが、それも子供たちをかわいいと思えばこそだ。小さい頃に学んだことは必ず将来に役立つと信じて、わずかな機会を見逃さず、学習的な遊びを増やしていた。

どうやら『暗号あそび』は成功だったようだ。タンポポ組の子供たちは、昼寝後の遊び時間も走り回ることなく、みんなで顔を突き合わせて、この遊びに興じていた。私は早めに保育日誌が書けたので、大助かりだった。

そのうち、部屋の隅の机に向かっている私の元に、子供たちが集まってきた。

「先生、みんなで面白い問題を作ったよ。わかるかな？」

タンポポ組のリーダー格の紫苑《しおん》という女の子が、そう言いながら机の端に、四枚の紙を並べて置く——書いてあったのは、『たっきゅう』、『かぜ』、『はえ』、『しゃくしょ』。

「へぇ、『しゃくしょ』なんて言葉、よく知ってたね」

「トシくんが知ってたの……先生、答え、わかった？」

「もちろん。全部の言葉の頭の字を読んだら、た、か、は、し。先生のお名前ね」

「じゃあ、これは」

紫苑は、さらに四枚の紙を並べる。書かれていた言葉は、『だんす』、『いちじぐ』、『すずむし』、『きつね』。頭の文字を読むと、だ、い、す、き——『大好き』。

その言葉を声に出して読んだ時、私は胸が熱くなった。自分の思いを、ちゃんと子供たちは受け止めてくれていると思えたからだ。

「ありがとう、先生、とってもうれしいわ……でも、ちょっと残念ね。これは『いちじぐ』じゃなくて、『いちじく』でしょ」

私は三枚目の紙を指さして言った。

「ううん、それは、そのままでいいんだよ」

紫苑を初め、タンポポ組の子供たちは、顔を見合わせてニヤニヤ笑った。何だか奇妙な気がしたが、子供の考えていることは、しょせん大人にはわからない。私はその時、それ以上には深く考えようとはしなかった。

やがて退園時間になり、子供たちはそれぞれの迎えの人間とともに家に帰っていった。私もタンポポ組の保育室で帰る支度をしていたが、ふと思いついて、工藤香織に子供たちが書いた紙を見せた。

「ほら、この順番に並べて頭の文字を読むと、『たかはし、だいすき』になるのよ。こういうのってキュンときちゃうわね」

「あぁ、本当ですね」

工藤香織はどこかうらやましそうに、机の上に並べた紙を眺めていた。

「でも、やっぱり子供だから、『いちじく』が『いちじぐ』になってるの。でも、紫苑ちゃんは、これでいいんだって言うのよ。どうしてかしらね」

「さぁ……本当は、ただの書き間違いじゃないんですか？」

工藤香織は、再び紙を眺めながら答えたが――やがて、ハッと息を呑んだ。

「どうしたの？」

「この順番どおりに、それぞれの言葉の一番下の文字だけを読んでみてください」

「一番下？」

彼女の言う通り、一文字ずつを声に出して読んでみる。

「これって……偶然でしょ？」

「でも、『く』じゃなくて、『ぐ』が正しいんだとしたら、そうとしか読めないですよ」

その言葉の意味を理解した瞬間、私は目の前が暗くなるのを感じた。『たかはしだいすき』と並べられた言葉の一番下の文字だけを、順番どおりに読んだ時に現れる言葉は……。

VALADA・GI

俺が小学生の頃だから、かれこれ二十年前の話になる。

その頃、ある家電メーカーの営業をやっていたオヤジが、何を思ったのか、いきなり会社を辞めて、田舎に移住したいと言い出した。田舎といっても生まれ故郷という意味ではなく、人里はなれた山の中とか、電気も届いていないような僻地のことだ。そういう土地にこそ、本当の人間らしい生活があるとか何とか力説していたが、要はオヤジも日常に疲れて、人生のちょっとした迷走期に足を突っ込んでいたのだろう。

当然、生まれも育ちも東京下町のオフクロは猛反対し、それこそ別れる切れるの一歩手前まで行ったが、いつのまにか「今は車があれば、どこに住んでも大丈夫だ」とか「子供たちを自然の中で育てたいと思わないのか」というオヤジに説得されてしまって、俺たちは某県某市、旧S村に移り住むことになった（某と仮名ばかりで申し訳ないが、具体的な地名はちょっと言えない）。どういうツテがあったのかは知らないが、オヤジはタダ同然の値段で、その村に家を買ったのである。

名前に〝旧〟とつくところから察しがつくかもしれないが、そこはすでに村のレベルではなくなってしまった、いわば集落であった。以前はそれなりに人が住んでいたらしいが、過疎化の波に押し流され、すでに十二、三戸の家しかないような状態だったのだ。住人はほとんどが高齢者ばかりで、率直に言ってしまえば、完全に人がいなくなるのも時間の問題……という土地だ。それもやむをえないことで、一番近くの駅から車でもたっぷり一時間半はかかる山奥にあり、それこそ先祖代々の土地を守るという理由でもなければ、誰も住む気にならないような場所だった。

そんなところに望んで入って行ったのだから、歓迎されるのも当たり前だ。

三月に引っ越した時、俺たちが住む古い家はすでに住人たちによって補修されていたし、周囲の草もきれいに刈り取られていた。こちらから出向かなくても、すべての住人が代わる代わる挨拶に来て、それだけで一月は暮らせそうなくらいの野菜や米を持ってきてくれたりもした。

「不便だけど、慣れれば、なかなかいいとこだから」

どの住人もにこやかに言い、その親しみやすさがオヤジは大いに気に入ったようだった。歓迎の宴会で早々に『この村に骨を埋めます』宣言をして、みんなの喝采《かっさい》を浴びていたものだ。


その音に気づいたのは、引っ越して三日ほどした夜のことである——ぐっすり寝込んでいた俺は、突然、夜中に三つ年下の弟に揺り起こされた。

「兄ちゃん……ちょっと起きてよ」

「何だよ、トイレかぁ？」

田舎らしく、その家のトイレは外にあった。都会で生まれ育った俺たちには、途方もなく高いハードルだ。

「寝る前に、水飲まない方がいいって言っただろ」

「違うよ、トイレじゃなくって……何か、変な音が聞こえるんだよ」

ずいぶん前に目を覚ましていたらしい弟は、暗闇の中で目をギラギラさせて言った。

「変な音?」

眠い目をこすりつつ、俺は耳に神経を集中した。すると確かに、遠くから妙な音が聞こえていたのだ。

あの腹に響くような音を何と表現していいか——大きな岩がゆっくり転がっているような、あるいは鉄球を地面にまっすぐ落としているような……かすかな地響きまでしていたのを、はっきり覚えている。

その音は二十秒くらいの感覚を置いて、しばらく続いていた。オヤジを起こして異常を知らせると、オヤジもしばらく聞き入っていたが、やがて欠伸《あくび》混じりに言った。

「あれは、風が山肌にぶつかってる音だ。このへんじゃわからないけどな、高い山の上には、いつも風が吹いてるんだ。それを離れたところで聞いているから、あんな風に響いてるんだよ」

そんなトンチンカンなことを、オヤジは言ったと思う。明らかに違うと思ったけれど、子供だった俺と弟は、それで無理やり納得しなければならなかった。山奥に住むのは初めてなので、そんなこともあるのかもしれない……と考えたりもしたものだ。

　やがて音が聞こえなくなったので、俺たちは居心地の悪い気分で寝たが、それから数日して、今度はオフクロが夜中に家族全員を起こした。やはり、変な音が聞こえると言うのだ。

「何なのよ、このずーん、ずーんって音は」

　音は前に聞いたものと、まったく同じだった。ただ前よりも近いところで響いているような気がした。風が山肌にぶつかっている音が、近づいて来たりするだろうか。

「どっかで崖崩れでもしてるんじゃない？」

　そのオフクロの意見は、オヤジの奇妙な理屈よりも現実的に思えた。絶対にあれは風なんかじゃない、何か重みのあるものが転がっているような音だ。

「崖崩れが、こんなに規則的なわけないだろ」

「何でもいいから、ちょっと外を見てきてよ」

　オフクロにケツを叩かれるような形で、オヤジは家の外の様子を見に行くことになった。いい歳して少し怖かったのか、偉そうな口調で俺にもついてくるように言い、俺は仕方なくオヤジと一緒に外に出た。

その夜は月も出ておらず、周囲はただ漆黒《しっこく》だった。近くの山肌と空の境目さえもあいまいで、どこかで崖崩れが起こっていても、とても確認なんかできそうになかった。

「どのみち、ここは山からずいぶん距離があるからな……どうってことないんじゃないか」

俺たちの家は山間に開けた平野部にあり、勢いのある土砂崩れならともかく、崖崩れ程度なら特に被害が及ぶ心配もなさそうだった。

「暗くてよくわかんないけど……近くは特に何ともなってなかったよ」

やがて音がやんだのでオヤジと俺は家に戻り、弟と一緒に青ざめた顔をしていたオフクロに報告した。

「どうってことないと思うけど、念のために明日、近所の人に聞いてみるから」

田舎に越してきた不幸をオフクロがグチり始めそうだったので、オヤジはまるで交換条件のように言い含めて、みんなに寝るように言った。

あくる日、ちょうど家に顔を出したお隣さん（と言っても、家はゆうに三百メートルは離れているが）に、オヤジは夜中の不審な音について尋ねた。その人は俺たちが越してきてから一日一回は顔を出して、何か不便がないかと聞いてくれるのだ。

「あぁ、あの音か……確かに馴《な》れるまでは、耳障りかもしれないなぁ」

激しい地元訛《なま》りの言葉を極力標準語に近づけて書くと、こんな感じになるだろうか。

「でも、別に気にすることはないよ。あれは＊＊＊＊さまが散歩しているだけだから」

「なんです、その＊＊＊＊さまって」
＊＊＊＊には濁音だらけの文字が入るのだが、正確な表記ができそうにないので伏字とさせていただく。
「言ってみれば、神様のようなものかな」

お隣さんがそう言って笑うと、オヤジは妙に納得したような顔でうなずいていた。

「やっぱり、田舎はいいなぁ」

その人が帰った後、オヤジはどこかうれしそうに言った。

「たぶん諏訪湖の御神渡《おみわた》りみたいに、何かの自然現象を神様の散歩だって言っているんだろう。この素朴な感覚が、何ともうれしいじゃないか」

「だから、その自然現象が何なのか聞いてるんでしょうが」

ロマン呆けしているオヤジに、オフクロがシビアに一喝した。

「崖崩れとか、危ないものじゃないんでしょうね」

「地元の人が普通に言っているぐらいなんだから、平気だろう」

確かにお隣さんの馴れた態度を見る限り、取り立てて騒がなくてもいいような気もしたが――やはり俺たちと地元の人たちとの認識の差に大きな隔《へだ》たりがあったことを、ほんの数日後に俺たちは知ることになる。

旧S村に引っ越して、ちょうど二週間が過ぎた頃だ。その日も、どこかで鉄球を打ち落とすような音が響いてきて、俺たちは目覚めた。

「今度は、私が行ってくる」

オヤジは当てにならないと悟ったのか、オフクロは勢いよく床から出ると、さっさと服を着替えて外に出ようとした。一応、女の部類に入るオフクロ一人を出すわけにも行かなかったので、俺が後に続くと、オヤジも不承不承《ふしょうぶしょう》について来ることになった。当然、一人にされるのをイヤがった弟もついてきて、結局、家族全員で外の様子を見に行った。

「やっぱり、別に何にもないじゃないか」

その日はきれいな満月が出ていて、以前よりもはるかに視界がよかった。その澄んだ月光の中で見ても、特に周囲には何の変化もないように思えたが——初めに気づいたのは、弟である。

「兄ちゃん……何だか、あそこの山が動いているみたいな気がするけど」

「山が動くわけないだろ」

そう言いながら弟の指差す方向を見ると、確かに右手の山の一部が動いているように見える。

「ほら、見なさい。やっぱり崖崩れしてるんじゃや……」

オフクロは勝ち誇ったように言いかけたが、言葉は途中で消えた。その正体が崖崩れではないと気づいたからか、それ以上にまずいものだと気づいたからか。

「あれって、カイジュウ……」

そう、確かにそれ以外には表現できない存在だった。月明かりに照らされた山間を、後ろ足で立ち上がったトカゲのようなフォルムをしたものが、やや猫背の前傾姿勢でゆっくりと歩いているのだ。背中には魚の骨を連想させるような細い棘のようなものが規則正しく並び、そいつが前進するたびに、左右に細かく震えていた。推定身長は、だいたい五十メートル。

形こそ生き物っぽかったが、その大きさともなれば、弟が最初に感じた通り、山そのものが動いているように見えた。皮膚の質感も岩石そのもので、叩けばカチンと音がしそうだった。

そいつは吼えることも口から火を吐くこともなく、ただ静かに山間を歩いていた。足を下ろすたびに鉄球を地面に打ちつけるような音がしたが、体の大きさを考えれば控えめなようにも思えた。もしかしたら、同じ山の住人たちに気を使っていたのかもしれない。

やがてそいつの姿は山の向こうに消えていき、長い尻尾が数十秒遅れて見えなくなると、オヤジは泣き笑いするような奇妙な表情で言った――「すぐに荷物をまとめろ」。

『この村に骨を埋めます』宣言をしたくせに、オヤジはあくる日、さっさと旧S村を後にした。あまりに理解を超えたものを目の当たりにすると、人間は止まるか退くかのどちらかしか選べなくなるが、オヤジは後者だったらしい。すぐに東京に戻ると、大手家電量販店にさっさと再就職して、第二の人生（いや、第三か）を強引に始めた。

奇妙な話だが、それ以来、俺の家では、あの夜に見たものを話題にするのがタブーになっていた。誰かが話そうとすると、別の誰かが「その話はよせ」と止めるのがお約束になっていたのだ。

何となく話せるようになったのは、ごく最近——ついこの間の正月である。久しぶりに家族全員がオヤジの家に集った時、正月番組に飽きた俺の幼稚園児の息子がウルトラマンのＤＶＤを見た。それを横目で見ながら、オヤジがぽつりと言ったのだ。

「あれ、カイジュウだったよな」

「うん……カイジュウだった」

「やっぱり……夢じゃなかったのね」

「あれはリアル・カイジュウだよ」

話を聞きたがる俺の息子をごまかしつつ、みんなはそれだけ言って、早々に話を打ち切ってしまった。始めに話を振ったオヤジが、なぜかみんなに謝っていた。

どうして、あの夜に見たものを話題にしてはいけないのか、それは俺にもわからない。理屈をつけようと思えば、ムリにでもつけられるのかもしれないが――あの月光に照らされて散歩していた巨大生物の神々しい印象を、薄めたくないからかもしれない。

ラビラビ

僕が中学校二年の頃、同じクラスに村下香苗《むらしたかなえ》という女の子がいた。

彼女はクラスで一番小さく、十三、四歳だというのに小学五年生くらいにしか見えなかった。やたらと分厚いメガネをかけていたけれど、別に勉強ができるというわけでもなく、どちらかと言うと、できない子のグループに入れられてしまうような成績だった。ついでに言うと家もあまり豊かではないらしく、制服のブラウスは清潔ではあったけれど、いつもくたびれたものを着ていた。

そのせい……というわけではないだろうが、クラス全体には彼女をどこか軽く見る風潮があった。イジメというレベルではないものの、彼女が進んで何かやろうとすると、妙に冷ややかな態度で見たりするのだ。

たとえばクラス委員に彼女が立候補した時（実際、立候補する人も珍しいのだが）、「村下なんかダメに決まってるじゃん」と聞こえよがしに言い、自分が代わりに立候補するわけでもないくせに、他の勉強のできる女の子を推薦したりしてしまうのだ。要は、「実力も人望もないくせに、しゃしゃり出る目立ちたがり屋」という目で、みんなは彼女を見ていたのだろう。

実際、彼女には友だちが少なかった。何かのグループ分けをする時、「好きなもの同士」というと、必ず彼女は一人だけ残ってしまうのだ。クラスから浮いている人間と仲良くするのは、なかなか勇気がいるものだから、やむを得ないのかもしれない。

だから二学期に彼女が隣の席になった時、僕も初めは彼女を遠ざけようとしていた部分もある。親しく言葉を交わすようになったのは、彼女の班ノートに描いてあったイラストがきっかけだ。

ある時、彼女の班ノートに可愛らしいウサギの絵が描いてあった。上手というわけでもないが、何とも愛嬌のある顔つきをしていて、僕はそのイラストがなぜか気に入ってしまったのだ。

「村下さんの班ノートに描いてあるウサギ、何か可愛《かわい》いね」

あくまでも何気なく、僕は彼女のイラストを褒めた。すると彼女は顔を少し赤らめて、自分の持っている『ラビラビ』という名前のウサギのヌイグルミがモデルなのだと教えてくれた。

それ以来、彼女は毎回、班ノートにラビラビの絵を描いた。同じ班の中には「班ノートは落書き帳じゃないんだから」と苦言を呈するのもいたけれど、他の班にもイラストを描いていた子がいたので（連載マンガをやっているヤツだっていたくらいだ）、先生もうるさいことを言わなかった。

それをきっかけに、僕は香苗とよく話すようになった。と言っても、好きな歌手やアニメの話をちょっとするぐらいのものだったけれど、何となく彼女は僕と話すのがうれしそうだった。

「こんなコト言いたくないんだけど、あんまり村下と仲良くしない方がいいよ」

ある時、廊下でクラスの女の子のグループに呼び止められて、そんなことを言われた。

「あの子……ちょっと仲良くなったら、平気でウソつくから」

「ウソって？」

「何か知らないけど、ヌイグルミと話ができるとか……イタいこと言い出すよ」

(うひゃっ、それは確かにイタい)

反射的に思ったが、幸い彼女が僕にそんなことを言い出すことはなかった。実際、そんなことを真顔で言われたら、いくら僕でもリアクションに困るところだ。

ところが十月ごろ、学校で生徒会選挙があって——彼女がいきなり副会長に立候補したのには驚かされた。

「村下さん、ずいぶん思い切ったことするんだね」

僕が尋ねると、彼女は照れくさそうに答えた。

「みんなの話を聞いていたら、けっこう学校に不満があるみたいだから……そういうところを直していけたらいいなって思って」

当時の僕が気恥ずかしくなるようなことを、彼女はサラリと言った。かわいそうに、彼女は思い違いしている——確かに学校は完全に自由と言うわけじゃなかったけれど、中学生なんて、まず最初に文句を言いたい気分があって、その対象を後付けで探しているような部分がある。早い話、文句や不平も娯楽の一つなのだ。

けれど彼女はそれを真に受けて、生徒会の役員に立候補してしまった——たぶん、当選できないのに。

　こう言っては何だが、学校での選挙なんてものは人気投票みたいなところがあって、クラブで活躍しているような人間が先輩・後輩票を集めて当選してしまうものだ。程度の低い学校に限って、本当に学校のことを考えているような人間が落選してしまう。

「それに……ラビラビも賛成してくれたから」

　どうやって立候補を取り下げさせるか（いわゆる公示にまでは、まだ時間が残っていた）考えている僕に、彼女は思い切ったように言った。

「ラビラビって……ヌイグルミのウサギだよね？」

「そう。信じないかもしれないけど、私、ラビラビと話ができるのよ」

　その言葉を聞いた時の、僕の絶望的な気持ちを想像してほしい。やっぱり女子が言うように、彼女はイタい人だったのだ。

「小さい頃から一緒に寝ていたからかしらね……何でも話せるお友だちなの」

「そりゃあ、すごいね」

　僕はそんな風にうなずくしかなかった。

覚《おぼ》えのある人も多いかもしれないが、子供の頃――それも十代になりたての前後には、少々自意識が肥大化してしまって、ちょっとばかりイタいことを平気でやってしまうことがある。早い話、みんな自分が当たり前の人間であることが何となくイヤで、「ちょっと普通ではない自分」というのを演出してしまうわけだ。

たとえば中学一年の頃には、いつも左手だけに包帯を巻いている上原《うえはら》というヤツが同じクラスにいた。何でも彼の中には魔界の王子がいて、左手の甲にそれを示す紋章があるのだという。本人曰く包帯は紋章の封印で、それを解くと大変なことになるらしいのだが、面白がってみんなでヒン剝いてやったら、ニセモノのバットマンマークのようなものがサインペンで描かれているだけだった。悪友連中で彼を強引に押さえつけ、レモン石鹼で洗ってやったらきれいに落ちて、無事に彼の悪魔祓《あくまばら》いは完了したのだが――そういうイタいことを平気でやってしまうのが、中学生という年代でもある。

「ラビラビがね、みんなのためになることだったら、ドンドンやるべきだって」

「あぁ……そう」

僕はその一言で完全にドン引いてしまい、以来、彼女とはあまり話さなくなった。

やっぱり、ちょっと——どういう顔をして、その話を聞けばいいのか、まるでわからなかったからだ。

その後、予想通りに彼女は選挙で惨敗したが、僕は慰めの言葉さえかけなかった。それから二週間ほど過ぎた頃だろうか——僕は当の『ラビラビ』に会ったのだ。

塾を終えて帰ってきた時だから、すでに夜の九時を回っていたと思う。その日は朝から大雨だったけれど、それでも一つ覚えの自転車で行ったものだから、僕はびしょびしょになっていた。前髪からポタポタと雫を垂らしながらマンションのエレベーターに乗り、自宅のある九階で降りた時だ。

薄暗いエレベーターホールの隅に、茶色いウサギのヌイグルミが一つ転がっていた。完全に人間っぽい体型にデフォルメしたものではなく、中途半端に動物らしさの残る体形をしていて、両手両足（ウサギはみんな足だけど、そういうキビシイことはさておき）で何かにしがみついているようなポーズのものだった。耳の先からお尻まで、だいたい五十センチくらいの中型サイズだ。

薄暗い中でそれを見た時、とっさに何かの動物の死体かと思って、僕は口から心臓が飛び出そうになるほど驚いた。まるで大雨の中を歩いてきたみたいに、それはびっしょりと濡れていたからだ。

（……なんだ、ヌイグルミか）

そう思った時、さらに驚くことが起こった——まるで頭に糸でも付いているように、そいつがピョコンと起き上がったのだ。

「よう」

当時の僕よりも少し大人の声が聞こえた。僕は絶対に誰かが近くにいて、そのヌイグルミを操り、腹話術のように声を当てているのだと思ったが、近くに人が身を隠せるような場所はなかったし、ウサギの体のどこにも糸らしきものは付いていない。

「そんなにビビるなよ。おまえ、俺のコト知ってるだろ？　香苗ちゃんの相棒のラビラビだよ」

「そんなバカな……ヌイグルミがしゃべったりするわけない」

「おまえが香苗ちゃんの言うことを信じないから、こうして目の前まで来てやってんだろ。ちょっとルール違反だけど、しょうがねぇや」

可愛らしい外見の割に、ラビラビは生意気そうな話し方だった。

「ヌ……ヌイグルミが、いったい何の用だよ」

僕は隙あらば重いテキストの入ったバッグをぶつけてやろうと考えながら、得体の知れないヌイグルミに言った。

「こんなこと、おまえなんかに頼むのはシャクなんだけどよ……悪いけど、おまえ、明日学校行ったら、香苗ちゃんのこと、慰めてやってくんねぇか？　ナントカ選挙に落っこっちまったのが、かなりショックだったみたいでなぁ。あの子、本当にみんなのためにがんばろうと思ってたんだぜ」

彼女の代わりに当選したのは、イヤイヤ立候補させられた女子バスケット部の子だった。当選した時、バスケに集中できなくなるから、ホントはイヤなんだよね……と言ってヒンシュクを買った。

「ま、落っこっちまったのはしょうがねぇかも知れねぇけど、あの子、あれからずっと、おまえのこと呼んでんだ。どうやら、もう俺じゃダメみたいでなぁ」

びしょぬれのウサギのヌイグルミは、口元をモゴモゴさせながら言った。

「だから、俺はもう引退すっから……あとはおまえに任せるよ」

「そんなコト言われたって困るよ」

相手がヌイグルミであるのも忘れて、僕は思わず言い返した。

「別に将来まで面倒見ろって言ってるんじゃねぇんだからさ、ガタガタ言うなよ」

ラビラビは寂しそうな、けれど強い口調で言った。

「ただ、あの子のことが少しでも気に入ってるんなら、明日、ちょっとだけでも声かけてやってくれよ。俺はあの子の涙を拭いてやることはできても、もう止めることはできなくなっちまった……昔はできたんだけどなぁ。今、それができるのは、おまえになっちまったんだから、しょうがねぇや……なぁ、頼むよ」

ウサギは濡れた自分の両耳を、まるで雑巾を絞るみたいに捻りながら言った。思いがけず大量の水が滲み出てくる。

「あの子、自分からは絶対言わねぇだろうけど、小ちゃい頃に、実のお母さんから散々苛められてなぁ。ご飯をろくに食べさせてもらえなかったから体が成長しなかったし、頭を殴られたせいで視力が弱くなっちまったんだ……それでもな、今、みんなのために自分がやれることをやろうって考えてる……けなげだろう？　そんな子を泣かしたら、男じゃねぇぞ」

そういいながら、ラビラビは僕の方に近づいてきた。思わず飛びのくと、不機嫌な口調で言った。

「エレベーターのボタン、押してくれよ。手ェ届かねぇんだ」

言われたとおりに下りボタンを押してやると、やがてエレベーターが来て、ラビラビはチョコチョコと跳ねるように、それに乗り込んだ。

「一階、押してくれよ。気がきかないヤツだな。まったく香苗ちゃんも、こんなヤツのどこがいいのかね」

そいつは最後まで横柄《おうへい》な態度だったが——エレベーターの扉が閉まって降り始める音が聞こえると、僕は大慌てで自分の家に駆け込んだのだった。

（確かにヌイグルミが、自分で動いて自分でしゃべった）

さすがに親には言わなかったが、その夜、布団に入ってからも、僕はあのヌイグルミの声を頭から追い出すことができなかった。

あくる日、僕は学校の帰り道、一人で歩いている彼女を見つけて声をかけた。

「村下さん、例のラビラビ、どうしてる？」

「それが昨日から、姿が見えないの。家中探したんだけど」

そう答える彼女の瞼《まぶた》は少し腫れていて、本当に夜遅くまで探していたのだろうと思えた。

「キミの言うこと……本当だったんだね。僕もラビラビと話したよ」

前日のエレベーターホールでの会話を一部始終教えると、彼女はポロポロと涙をこぼした。

「あんまり泣いちゃダメだよ。僕、アイツにキミのこと、頼まれちゃったんだからさ」

それ以来、香苗と僕は今日まで一緒にいる。

別にアイツとの約束を律儀に守ったわけではないけれど、何かと言葉を交わすうちに、まぁ、僕も彼女が気に入った……と言うだけのシンプルな理由だ。きっと誰も知らないことだろうけど、彼女の笑った顔は、実はとっても可愛いのだ。

かれこれ十三年の付き合いで、そろそろ一緒になってもいい頃合いかとも思っている。その時には、ぜひアイツを式に呼んでやりたいとも思うのだけれど——あの雨の夜、ラビラビがどこに去って行ったのか、それだけはわからない。

あなたの、古い友だち

この間は、久しぶりにお会いできて、うれしかったです。

何せ最後にあなたが私を見てくれてから、ずいぶん時間が経っていましたものね。もちろん私にすれば、あっという間の時間でしたけれど、あなたにとっては、とても長い時間だったのではないかと思います。

だって私と遊んでいた頃のあなたは、まだほんの幼い子供でした。背丈も小さく声も小鳥のようでしたのに、久しぶりにお会いしたら、いつのまにか立派な大人になっていらっしゃる。私も少し、びっくりしましたよ。

けれど、すぐにあなたとわかったのは、きちんと面影があったのと、私を見る目の熱さが、ちっとも昔と変わらなかったからです。いいえ、昔以上に、一生懸命に私を眺めてくださった。まるで長いこと、この本を開かずにいたのを謝ってくれているみたいに、一ページずつ丹念に眺めて、そして昔と同じように私の前で立ち止まって、まるで恋人の名前を呼ぶように私を呼んでくださった――ブロントサウルス、と。

「パパ、何を見ているの」

その時、あなたの横からヒョッコリと顔を出したのは、あなたのお子さんですね。小さいのにメガネをかけた、お利口そうな坊ちゃん。

「これは、パパがおまえくらいの頃に大切にしていた恐竜図鑑だよ。その頃、パパは恐竜が大好きでなぁ。毎日のように、この本を眺めて、いろいろ空想していたもんだ」

あなたは目を細めて、お子さんに言いましたね。

その言葉を聞いた時、私は何だか胸が熱くなりました。私たちと遊んだ日々を、ちゃんとあなたが覚えていてくださったことが、とても嬉しかったからです。

もちろん、私も覚えていますよ――小さかったあなたを頭の上に乗せて、ジュラ紀の湿地帯をズシンズシンと地響きを轟かせて歩いたことや、この長い首をあなたが滑り台にしたことや、その頃、大の仲良しだったテルちゃんと上杉くんと一緒に、あなたが私の背中で昼寝をしたこと……そうそう、どういうわけかトリケラトプスと戦ったこともありましたね。うるさいことを言うと、彼らとは一億年近く生きていた時代がズレているのですけど、細かいことは言いっこナシです。

こんな言い方をするのも口幅《くちはば》ったいかもしれませんけど、あの頃、あなたの一番の仲良しは、きっと私だったという自信があります。だって、あなたは事あるごとに言ってくださいましたもの——この世で一番好きなのは恐竜、恐竜の中で一番好きなのはブロントサウルス。

「この本、ずいぶん古いね」

一緒にこの本を眺めながら、ふと坊ちゃんが言いました。

「そりゃ古いさ……パパが子供の頃に見ていたものだからね。お祖母ちゃんが捨てずに取っておいてくれて良かった」

「そういう意味じゃなくって、中身がだよ」

その言葉を聞いた時、私は何だかイヤな予感がしました。あぁ、坊ちゃんは知ってるんだ……と思うと、なぜだか胸がドキドキしてくるのを感じました。もちろん私は図鑑に印刷された薄っぺらな絵の一枚に過ぎませんけれど、ちゃんとドキドキする胸もあれば、ごおっと吼えることもできるということを、あなたはちゃんと知っているでしょう。

「だってブロントサウルスなんて恐竜は、いなかったんだもの」

「何だって?」

坊ちゃんの言葉に、あなたは目を丸くしました。声もちょっぴり、大きくなりましたね。

「冗談言っちゃいけないよ。ブロントサウルスは、恐竜のスターじゃないか。パパはチラノザウルスやステゴザウルスより、ずっとずっと好きだったんだ」

「でも、本当にいなかったんだから、しょうがないよ」

きっと坊ちゃんも、あなたと同じように恐竜が好きなのでしょう。おそらく新しい恐竜図鑑で読んだらしい知識を、きちんとあなたに教えました。

そうです——この図鑑にも、私によく似たアパトサウルスが載っているでしょう?

昔はブロントサウルスとアパトサウルスは別のものと考えられていましたけれど、実はその後の研究で、同じものであるということがわかったのです。初めに発見されたアパトサウルスの化石は頭がなかったので、そういう間違いが起こったのですが——恐竜の名前は、初めに付けられた方を使う決まりがあるので、今ではアパトサウルスでまとめられるようになりました。

ですから……悲しいことですけど、ブロントサウルスという名前の恐竜は、今はいません。もしいるとすれば、この本と同じくらいに古い恐竜図鑑か、あなたのような、かつての恐竜少年少女の心の中にだけです。

「アパトサウルスなんて……そんなアパートみたいな名前はイヤだな。やっぱりブロントサウルスがいいよ」

「イヤだって言ったって、しょうがないじゃん。パパも子供みたいなことを言うなぁ」

大人のあなたの方が駄々っ子のようなので、坊ちゃんはメガネを押し上げながら、苦笑いを浮かべましたね。同じ年の頃のあなたより、ずっと物分りがよさそうな顔をしています。

「それに……このチラノザウルスも、今はティラノサウルスって言う方が多いよ。第一、こんな風に尻尾を引きずっていたっていうのは間違いで、実際はピンと立てて、体のバランスを取っていたって」

この図鑑に載っているチラノザウルスは、二本足で立ち、重そうな尻尾をズルズル引きずっています。

「そうなのか」

あなたはどこか残念そうな口ぶりでつぶやきました。

そう、何もかも、坊ちゃんの言う通りです。今のティラノサウルスは、この図鑑に載っているものより、ずっと姿勢を低くしていて、尻尾を後ろに立てて体のバランスを取っているのが普通です。カイジュウみたいに尻尾を引きずっている想像図は、もう古臭いのです。

そして私も――ブロントサウルスも実際にはいませんでした。

今、考えられているアパトサウルスは、尻尾の先が鞭のようにしなやかで、私の尻尾のように地面にべったりと落ちたりしていません。どうしてかというと、昔はカマラサウルスの仲間と考えられていたのに、本当はディプロドクスの仲間だと、最近になってからわかったからです。血筋からして、もう私と違うのです。

ですから、単純にブロントサウルスがアパトサウルスに名前を変えたというわけではなくて——ブロントサウルスという恐竜そのものが、この世の中から消えたと言ってもいいでしょう。もとからいなかったのですから、そんな言い方も奇妙かもしれませんけど。

ごめんなさい……何も騙そうと思っていたわけではないのですよ。

私たちの存在は、その時代ごとの学者さんたちが、少ないデータを頼りに一生懸命に考えたものですから、間違っていたり、その後で変わっていくことも、珍しいことではないのです。私はそんな発展途上の研究から生まれた、幻のような恐竜です。きっと百年後には、ブロントサウルスという言葉を知っている人さえ、いなくなってしまうでしょう。

「いや、おまえがどう言おうと、ちゃんとブロントサウルスはいたよ」

それでも、あなたは図鑑の見開きページに出ている私の姿を指先で撫でながら、力強い言葉で言ってくださいました。

「パパは間違いなく、この恐竜の頭の上に乗っかったんだから」

「そんなワケないじゃん。本物の恐竜を見た人なんて、いないでしょ」

「いや、実際には乗っかってないけど……心の中では乗っかったんだ」

あぁ、もちろん、私も覚えていますよ。

子供の頃のあなたは、この図鑑の中で、たくさんの冒険をした——そのお供は、いつも私。昼間は頭の上に乗せて歩き、夜はお腹の下に入れて、あなたを守った。あなたと一緒なら、尻尾をズルズル引きずったチラノザウルスだって、少しも怖くなかった。

「だから絶対に、ブロントサウルスはいたんだ。学者がどう言おうが、本当のところがどうだろうが」

昔と少しも変らない、熱のこもった目で私を眺めながら、あなたは言いました。

「あぁ、おまえにも見せてやりたいね……ブロントサウルスの頭の上で見るジュラ紀の月はきれいなんだぜ」

「パパ、やぶれかぶれじゃん」

坊ちゃんは笑いましたけど——その目が、どことなくうらやましそうに見えたのは、私だけでしょうか。

その時、どこか遠くで女の人があなたを呼びました。きっと奥さんでしょう。

「あぁ、今行くよ」

そう答えて、あなたはこの図鑑を閉じましたけど——その間際に、はっきりと私に向って言ってくださいましたね。

「おまえは、俺の大親友さ」

その一言だけで、私は自分のすべてが報われたような気がしました。そしてあなたが、とても素敵な大人になったのだとわかって、涙が出るほど嬉しくなりました。

そう、私はあなたの、古い友だち——またいつか、ジュラ紀の旅に出かけましょう。私の頭の上はあなたの専用席ですから、いつだって乗っけてあげます。また一緒に、あの冴え冴えとしたジュラ紀の月を眺めましょう。きっと尻尾をズルズル引きずったチラノザウルスだって、あなたを待っていますよ。

私は、この図鑑の中にいます。いつでも——いつまでも。

玉手箱心中

ある六月の夕暮れ――十分に水気を絞った木綿豆腐をサイの目に刻んでいた時、高校生の弟が台所に駆け込んで来た。何だかトイレに行きたいのを我慢しているような、緊迫した顔だ。

「ネェちゃん、大変だよ！……なんだ、またマーボー豆腐？」

「文句言うなら食わんでいい。マーボー豆腐は、まさしく神さまからの贈り物……そのありがたみもわからんヤツは、飢えて泣け」

異論のある人もいるだろうが、私は四川《しせん》風マーボー豆腐以上においしいものは、この世に存在しないと思っている。だから私が台所を預かっている限り、一日おきくらいの比率で夕食に出ることは覚悟してもらわねばならない。

「いや、俺もマーボー豆腐は好きだけどさ……ネェちゃん、山椒《さんしょう》をガンガン入れるんだもんな。舌が痺《しび》れて、途中から味がわからなくなるんだよ」

「そんなことより、何が大変なのよ？」

私が言うと弟はハッとして、右手に持っていた白い紙を差し出した。

「こんなのが、オヤジの部屋のゴミ箱にあったってばよ」

「そのナルトっぽいしゃべり方はやめろって、何べんも言ってるでしょう」

私は弟の頭を小突きながら、その紙を奪い取った。一度クシャクシャに丸められたものを伸ばしたらしく、紙はシワだらけだった。

紙に書かれているのは、父さんの字だと一目でわかった。何せ父さんは少しも狙っていないのに、素で『相田みつを』そっくりの字を書くからだ。

そこには、こう書かれていた――「母さんに会いたいなぁ。でも自分で死んだら、同じところに行けないなぁ。だから、あれを使ってもいいじゃない。人間だもの」

（えっ、これって……もしかして、遺書の下書き？）

私は何度も文面に視線を走らせた。

「それってヤバイよね？」

「決まってるでしょうが」

私は反射的に弟に下段強キックを入れつつ、中華鍋の火を止めて、父さんの部屋に駆け込んだ。前は夫婦の寝室だったけれど、母さんが亡くなってからは、父さんが一人で使っている。

「父さん！」

けれど部屋には父さんの姿はなく、飼い猫のズビが座布団の上で丸くなっているばかりだった。それはそうだ——父さんは、まだ仕事から帰っていないのだから。

「ネェちゃん、何で蹴るんだよ。ひでぇなぁ、もう」

弟が涙目になりながら、私を追いかけてくる。

「あんた、さっき父さんの心配よりも、今夜のオカズの心配をしたでしょ？　だから天誅」

私が答えた時、ジーンズのお尻ポケットに入れたままにしていた携帯が鳴った。液晶には『おやぢ』の文字が浮かんでいる。まさに計ったようなタイミング。

「もしもし、父さん？」

「あぁ、俺だ……今、駅に着いたんだけど、おまえに頼まれたケーキ、売り切れみたいなんだ。かわりにアルカポネ・チーズ入りプリンって言うのでいいか？」

「アル・カポネはギャングだから。たぶんマスカルポーネ・チーズ入りプリンでしょ」

　私は心中、胸を撫で下ろしながら答えた。

「そうそう、そっちのカポネ」

「じゃあ、そっちを買ってきて」

　いろいろ言いたいのをグッと堪えて、私は電話を切った。話す限り、今すぐに何かしてしまうような気配は感じられなかったからだ。下手に騒ぐのは、かえって良くない。

「よかった……父さん、とりあえず帰ってくるみたいよ」

　私が言うと、弟も目元の涙を指先で拭いながら、うなずいた。

「でもさ、ネェちゃん。それって、どう考えても遺書っぽいよね」

「たぶんね……父さん、なんだかんだ言っても、母さんが大好きだったから」

　私たちの母さんは、三ヶ月ほど前にトイレで脳溢血を起こして急死していた。何だかわからないけれど退魔師とやらの血統だったらしく、押入れから怪しげな道具がいっぱい出てきて、それをことごとく処分したのは、前にも言った通りだ（詳しいことは、『母さんの秘密』を見てね)。

その直後の父さんの落ち込みは痛々しいほどだったけれど、近頃はどうにか元気を取り戻したと思っていた。けれど心の中では、母さんの後を追うことを考えていたなんて——私は何とも悲しくなって、その父さんのメモをびりびりに引き裂き、景気よく部屋の中にバラ撒《ま》いてやった。座布団の上にいたズビがガバッと飛び起き、その紙吹雪に必死にジャレつく。

「母さんの後追いなんて、絶対にさせないわ」

かつての両親の姿を思い描きつつ、私はコブシを握り締めた。

母さんは身長百六十センチ、体重百キロオーバーのスーパーふくよかミセスだったけれど……さらに言えば家事も満足にできず、いつもテレビばかり見ていて、夫の言うことより〝みのもんた〟の言うことを信じるスーパー〇〇〇(自主規制)ミセスだったけれど、それでも茶目っけのある可愛い人だった。きっと父さんは、あの母さんが大好きだったんだろう。

娘の私が言うのもテレ臭いけれど、何だかんだ言っても父さんと母さんは熱烈に愛し合っていた。だから母さんがいなくなって、父さんがどんなに辛《つら》いかもわかる。

けれど、そうかと言って後追いなんてされても、きっと母さんは喜ばないだろう。

「こうなったら、〝あれ〟とやらを探すわよ」

私は弟に言った。

遺書めいたメモを見る限り、「自殺してしまったら、母さんと同じところにいけない」と、父さんは考えているようだ。それが本当かどうかは私らにはわからない（テレビで霊能力者とか自称している人たちは、よくそんなことを言っている）。けれど、何やら〝あれ〟と呼ぶものを父さんは持っていて、それを使えば、母さんと同じところに行けると考えているようだ。それが何かはわからないが、そいつさえ壊してしまえば、父さんは二度と変なことを考えなくなるのではないか。

「きっと、この部屋のどこかにあるはずよ」

私は弟と一緒に、父さんの部屋を探し回った。

「ネェちゃん、これじゃないか？」

やがて弟が押入れの天袋から見つけてきたのは、縦三十五センチ、横二十五センチくらいの箱だった。全体は黒く塗られていて、フタには金砂で波のような模様が描かれていたけれど、色褪せた朱色の紐で全体が括られていて、簡単に開けることはできなかった。

「もしかしたら、玉手箱じゃないかと思うんだけど……ほら、浦島太郎《うらしまたろう》に出てくるヤツ」

「あんた、何をバカなこと言ってんのよ。脳みそをマーボー豆腐と取り替えた方がいいんじゃないの？」

「うわっ、何かヒデェし、微妙にキモイし」

「だって玉手箱なんて、本当にあるワケないでしょ」

私は思わず弟を罵《ののし》ったが、そう言うそばから、母さんの残したバカバカしい品物の数々を思い出していた。破邪の腕輪だの、護身の冠だの、流水の衣だの——どれをとっても、この目で見なければ、とても実在を信じられないものばかりだった。

だとしたら、本物の玉手箱くらいあっても、何の不思議もないような気がする。

（あっ、そうか）

弟が所在なげに持っている箱を見ながら、私はあることを思いついた。

たぶん、これは本当にフタを開けたら煙が出てきて、あっという間に年を取ってしまうリアル玉手箱に違いない。浦島太郎のような若者（推定二十歳くらいか）でも、一瞬で白髪の老人にしてしまうくらいなのだから、おそらく七、八十歳は年を取らせてしまう性能があるのではないかと思える。

そんなものを五十代初めの父さんが使ったら、どうなることか——あくまで想像だけれど、いきなり百二、三十歳になってしまうのではないかと思う。よほどの幸運がない限り、当然、その場で老衰死するだろう。けれど、それは自殺とは言えない。あくまでも老衰、自然死だ。

（父さん、考えたわね）

リアル玉手箱なんてものを持っているからこそできる、風変わりな心中だ。いつかその日が来ることを予期して、父さんは残された怪しげなアイテムから、これだけを別にして隠していたに違いない。

「そんなもの、さっさと壊しちゃいなよ」

私は自分の思い付きを弟に説明した後、父さんの部屋を出て、廊下から指示を出した。

「ちょっと待ってくれ！　ここで壊したら、俺はどうなるんだよ」

世にも情けない声で、弟は言った。

「大丈夫よ。息を止めていれば」

もちろん、何の根拠もない思いつきの発言だけれど。

「それに万一、年を取っちゃっても、ほら、今はチョイ悪オヤジがモテるんだから、いいじゃない。彼女できるわよ。欲しいって言ってたじゃん」

「冗談じゃないって！　ネェちゃんがやってくれよ。時代は熟女ブームだろ」

「そんなブーム、知らないわよう」

弟は必死の形相《ぎょうそう》で、私を追いかけてきた。狭い家の中で、ちょっとした鬼ごっこになる。

「何をドタバタやってるんだ」

そこにケーキ屋の小さな箱を提げた父さんが帰ってきて、あきれた口調で言った。

が、私たちが必死に押し付け合っている物を見て——。

「おまえたち、それは本物の玉手箱だぞ。危ないから、俺に渡すんだ」

「ダメ、父さんにも渡せない」

「ネェちゃん、早く壊せよ」

「ばっかやろう、アンタがやんなさいよ」

父さんが加わって、さらに大規模な鬼ごっこになる。何せ父さんに渡したら、その場で開けてしまうかもしれないので、私も弟も必死だった。

ところが、たいてい失敗するのは、いつも弟だ。もしかしたら……と思っていたが、案の定、何の考えもなしに逃げて、父さんに部屋の隅に追い詰められてしまった。

「頼む、その箱を返してくれ。それは父さんにとって、とても大切なものなんだ」

「ダメよ、父さん……いくら老衰で死んだって、その気で開ければ自殺と同じよ。母さんと同じところになんか、行けないのよ」

私は父さんのシャツの背中を引っ張って動きを止めようとしたが、逆にズルズルと引きずられてしまった。

「うわぁぁぁあっ、バルス！」

突然、奇妙な叫びとともに、弟は持っていた玉手箱をガラス窓めがけてブン投げた。窓の外は庭だが、周囲には普通の民家が集まっている。もし庭先で箱が壊れてしまったら、中の煙が当たり一面に漂い、付近の住民を老人にしてしまうかもしれない。

それって、マジでヤバイ——私が思わず神に祈った時だ。部屋の隅で私たちの追いかけっこを見ていたズビが、突然、箱に向かってジャンプした。そんなものにジャレつこうとするなよ。

空中でズビが玉手箱を捕らえた。そのまま真っ直ぐに落ち、その瞬間に玉手箱のフタが大きくズレる。

「伏せろ！」

父さんは私と弟の頭を摑んで、その場にしゃがみこんだ。ある意味、父の愛だ。玉手箱から立ち上った煙は、思ったよりもセコかった。あえて言えば、タバコを一服した分くらいの量だろうか。けれど、その煙がズビを直撃したのを、私は確かに見た。

「ズビッ！」

ちなみにズビは白地に茶色のブチがある雑種で、一度だけ頭を撫でてしまったために情が移った弟が、小学生の頃に拾ってきた猫である。家に来てから五年は過ぎているし、その頃にはすでに成猫だったから、今はかなりの年なのではないかと思う。

煙がなくなるのを確かめて、床の上でグンニャリと伸びているズビに駆け寄った。

「ズビッ！　おまえ、身を挺して、近所の人たちや俺たちを守ろうとしてくれたのか」

目をウルウルさせながら弟が言った。人間の寿命よりもはるかに短い時間しか持っていない猫が、リアル玉手箱の直撃を受けて無事で済むはずがない。

「俺が間違っていた……俺がへんなことを考えたために、ズビを死なせてしまうなんて」

ぐったりとしたズビを抱き上げながら父さんは、母さんが死んだ時と同じくらいの涙を流した。

「そうそう、命を粗末にするもんじゃありませんよ」

突然、聞き覚えのない声が、どこからか聞こえる。

「誰、今の声」

「妙に渋い声だったけど」

私たちは部屋の中を見回し、声の主を探した。

「私ですよ、私」

父さんの腕の中から何かが飛び出して、軽やかに床の上に着地する――信じられないことに、それはズビだった。

「ズビ……おまえ、生きてるの？」

私の問いかけに、ズビは二本の尻尾を振って見せた。

「ちょっと私、レベルアップしたみたいで」

ハッキリと人間の言葉を話しながら、ズビは前足で顔を擦る。

「あぁ、明日は雨みたいですよ」

私は父さんと弟と顔を見合わせた。その数秒後、まったく同じ言葉が三人の口から同時に出て、奇妙にハモった。

「ネコマタだ」

そう、ズビはこうして、ネコマタになった。

赤い月

だだっ広い野原の草を、九月の強い風がなぶっていた。

私は帽子を飛ばされまいと右手で押さえつつ、左手には大ぶりな古い革《かわ》トランクをぶら下げて、一人、細く暗い道を歩いていた。両手が塞がっているために、バタバタとはためく外套《がいとう》の裾を押さえることもかなわない。

どうにも、すごい向かい風だ——できれば大樹の陰に身を潜め、風が弱まるのを待ちたいとも思うけれど、あいにく、そんな暇などありはしない。こうして難儀する間にも、汽車の時間は刻々と迫ってきているのだ。

(いっそ帽子を飛ぶに任せ、トランクも打ち捨ててしまおうか)

そう思わないでもなかったが、やはり、できぬ相談であった。

この帽子は、私を私たらしむる大切なもの、トランクの中に収められた詩稿は、私が人生かけて書き溜めた命同然のもの――捨てて行くくらいなら、汽車に乗り遅れる方を選ぶ。

それにしたって鉄道屋というものは、どこの世界でも融通が利かぬものだ。時間通りにたどり着き、時間通りに発車させることを金科玉条にしている。おかげで私は愛しい息子とはぐれたまま、さんざん寂しい思いを強いられた。あの時は本当に、鉄道屋なんぞ此の世から、ただの一人もいなくなっちまえ……と思ったものだが、どうやら息子を迎えに行く算段がついたから、今はそれほど恨んでもいない。怨嗟だの愚痴だのからは何も生まれはしないことを、私なりに学んだつもりだ。

私はできる限りの急ぎ足で、右手で帽子を押さえ、左手に革トランクを提げたまま、夜の野原を歩き続けた。すると途中で、前方に何やらボンヤリとした明かりが見えた。何かと思いつつ近付くと、何のことはない、着物姿の中年男が手にした提灯であった。

「やっ、これはどうも」

男は背後から近付く私に気がつくと、雪駄《せった》履きの足を止めて言った。人の良さそうな顔をしていたけれど、下からの提灯《ちょうちん》の明かりで、どことなく恐ろしげにも見える。

「もしかすると、今夜の汽車に乗る方ですか」

「そうです……あなたも？」

男の言葉に答えつつ、私は問いかける。

「ええ、まったく急な話なんですけどね」

「誰にとっても急ですよ。もっとも、私は何となく予感していましたが」

道は一本――わざわざ別れる理由もないので、私は男と連れ立って歩く。

「それしても、すごい風です。おかげで虫の声も、まったく聞こえませんな」

男も向かい風に顔をしかめ、それでも余裕ありげな口調で呟く。確かにいつもなら、この時分には鳴き狂っている秋の虫たちの声も、まったく響いていなかった。風に飛ばされまいと、ギザのついた足で草にしがみつくのがいっぱいなのであろうか。

「どのみち連中は、月の良い晩ばかりを選んで歌うものですよ。リィリィリィだのルルルだのと鳴くのは、恋の歌ですからね。こんな……赤インクで染めたような月では、女を恋うる気にもならんのでしょう」

私が答えると、男は感心したように言った。

「なるほど、あなたのおっしゃるとおりだ。なかなかの詩人ですな」

「まぁ、詩はきらいではありません」

私は自分の名を告げようかとも思ったが、それは控えた。物好きの間には少しばかり知られた名とは言え、この中年の男が知っているとは限らない。意気揚々と名乗って、ハテ残念ながら存知あげません……などと言われたら、やはり楽しくない気分になってしまうだろう。

「不躾《ぶしつけ》ですが、あなたは、おいくつですか」

「三十歳ですよ」

「なるほど、ちょうど私と一回り下ですか……いろいろ心残りも、おありでしょうに」

「ないといえば、嘘になりますけどね。こうなっては仕方ありません」

ちょうど私は大切な仕事をやりかけているところで、正直に言えば、ノンビリと汽車の旅に出ている場合ではなかった。けれど男に答えたとおり、こうなってしまってはやむを得まい。どこの世界でも、鉄道屋というのは融通が利かないのだから。

「おや、何やら声がしませんか」

しばらく赤い月を眺めながら野原を歩いていると、ふと男が立ち止まって言った。

「何だか……子供の泣き声のような」

耳を澄ませてみると、確かに凄《すさ》まじい風の間に、オロオロと泣く声が聞こえる。まだ年端も行かぬ女の子のようだ。私と男があたりを見回すと、一本道を少し外れたところに、桃色の着物を着た子供が、石のように身を丸めていた。

「お嬢ちゃん、こんなところでどうしたんだい」

男は提灯をかざし、優しい口調で声をかけた。女の子は顔を上げると、まぶしそうに顔をしかめた。まだ六歳くらいだが、きれいに髪を編んでいた。

「迷子になったのかい？　お父さんとお母さんは？」

男の言葉に、女の子はしゃくりあげながら答えた。

「私、一人で来たの。汽車に乗らなくっちゃいけないんだけど、どこが駅なのか、ちっともわからなくって」

「あぁ、それは無理ないことだ。あの汽車は空からフゥッと降りてきて、そのまま野原に止まるんだからね。駅が見えないのは当り前さ」

その言葉に、私もまた納得した。ただ汽車に乗るという意識だけがあって、駅のことなど考えていなかったけれど――なるほど、私の乗る汽車は、そういうものなのか。

「おじさんたちも、その汽車に乗るところだから、いっしょに連れて行ってあげよう」

男が言ったので、女の子はようやく泣きやんだ。けれど、この子の父母は、それ以上に泣いているであろうと私は思った。私にも覚えがある。

「さぁ、暗いから、おじさんと手を繋《つな》ごうね」

けれど男が差し出した手を、女の子は握らなかった。そのかわりに、古い革トランクを提げている私の左手に、その冷たい掌をのせてくる。

「やぁ、小さくっても、女の子だな。私より、こっちのお兄さんの方がいいのかい。やれやれ、仕方ないねぇ」

ひとしきり笑うと、男は私に手を差し伸べた。自分が革トランクを持つから、かわりに女の子と手を繋いでやってくれ……と言うのだ。

「何だか、申し訳ありませんね」

その申し出を受けてトランクを男に預けると、私は幼い女の子の手を取った。その小さな手で、女の子は私の手をギュウッと握った。

「いやいや、いいんですよ。この子の望む通りにしてあげましょう」

私たちはそれから、赤い月の赤い光に照らされながら、風の吹く野原をどこまでも歩いた。いくら歩いても月は同じ場所にあって、昇りもせず沈みもしなかった。

ときどき手を繋いでいる女の子の顔を見ると、そのたびに女の子はニッコリと笑った。それを何度となく繰り返しているうちに、ふっと気付いた──きっと、この子は、若い男の方がいいからと私と手を繋いだのではなく、私の方が男より寂しそうに見えたから、手を繋いでくれたのだろう、と。

「あぁ、来ました来ました。汽車ですよ」

やがてススキが生い茂る野原の真ん中で、男が空を指差して言った。

「あれが、銀河鉄道《ぎんがてつどう》です」

やがて汽車は、赤い月の左側を掠めるように高い空から降りてきて、野原の真ん中で止まった。

普通ならば奇怪な現象だと感じるのだろうが、私は何とも思わなかった。それに乗るためにやって来た私が、不思議がってどうすると言うのだ。

開いた入り口から女の子を乗せ、さらにトランクを持ってくれている男を乗せ、最後に私が乗った。男は私の腕を引っ張り上げてくれながら、小さい声で言った。

「大丈夫ですか、中原《なかはら》さん」

「何だ……私の名をご存知だったんですか」

私は少し意外に思った。

「いやぁ、『山羊《やぎ》の歌《うた》』には感心しました。毎日のように読んでいましたよ」

その言葉は、私に深い喜びを与えた。たった一冊――私が世にあるうちに世に問うた、たった一冊の私の詩集。

「そうですか……そう言っていただけると、うれしいです。けれど、あの本の好意的な評判を聞くと、残念にもなりますね。ちょうど今、『在りし日の歌』という、新しいものをまとめていたところだったんで」

「それは惜しい」

人気のない客車に私と並んで入りながら、男は言った。

「どうです、それぞれの駅に着くまで、その本の話をしてくださいませんか」

「もちろん喜んで」

私と男が向い合わせに座ると、さっきの女の子が、当り前のように私の隣に腰を降ろした。

やがて汽車は動き出し――窓の外に見えていた赤い月は、いつしか私たちの眼下に消えて行った。

春だったね

吉田拓郎の『春だったね』という曲を聴くと、なぜだか三十年前の夏休みを思い出す。夏なのに『春だったね』なのはカンベンしてほしい。思い出というものは、そうそう都合よく行ってはくれないものだ。

その日、高校二年生だった俺は、自分の部屋で一人、ギターの練習をしていた。所属していた高校の軽音楽部で、なぜかイーグルスの『ホテル・カリフォルニア』が流行《はや》っていて、俺も一丁マスターしてやろうかとがんばっていたのである。

うるさいぐらいに蟬が鳴いていた午後で、俺は窓を全開にしてギターを弾いていた。その頃の俺の家は川の近くにある古い一軒家で、隣とは少し距離があったから、そんなことをしても怒鳴《どな》り込まれるようなこともなかったのだ。

しばらく熱中していると、いきなりオフクロが部屋の入り口に顔を出して言った。

「イケダくんが来たけど」

「イケダが？　入ってもらってよ」

「もう入ってる」

オフクロの後ろに、霊のように青ざめた顔のイケダが立っていた。イケダは中学からの同級生で、高校も同じ、クラスも同じ――まぁ、親友と言ってもいいかも知れない。

「ちょっと……これ見てくれよ」

オフクロが引っ込んでから、いきなりイケダは持っていたカバンから、可愛らしいピンクの封筒を取り出した。

「何だよ、これ」

封筒の裏側には、黒いサングラスをかけているスヌーピーのイラストが入っていた。一目で、女の子から来たものだとわかる。

「実は……とうとう、やっちまったんだよ」

「何を？」

「トモコちゃんに告白しちゃった……手紙書いて」

「ほおーっ」

俺はギターを弾く手を止めて、小さく拍手した。

トモコちゃんというのは、イケダが半年ほど熱を入れあげている、隣のクラスの女の子だ。その頃の言葉で言えば、かなりキャピキャピしている子で、俺はあまり得意なタイプではなかったけれど、イケダにとっては女神に等しい存在のようだった。

ちなみに当時は携帯もメールもなかったから、告白するなら直接会って言うか（その根性があれば）、家に電話をかけるか（向こうと自分の家族に聞かれるのに十分注意して）、ラブレターを書くか（字と文章に自信があるなら）、人に言ってもらうか（これは失敗するケースが多い）……というくらいしか方法がなかった。イケダは、その中から三番目の道を選んだというわけだ。

「それで……その返事が、さっき来たんだよ」

どうやらスヌーピーの封筒が、その現物らしい。

「どうだった?」

「うむ。まぁ、ちょっと見てくれ」

そう言ってイケダは、トモコちゃんからの手紙を差し出した。人に来た手紙を読むのもどうかと思ったが、イケダ自身が見ろと言っているのだから仕方ない。俺はゴホンと咳払《せき》い一つして、中の便箋を取り出し、丁重に広げた。中身は、ほんの数行。

「ありがとう。いがいでした。じつはワタシは、てらだクンとつきあっています。まだ一ヶ月くらいしかたってませんけど……。すみません。」

てらだクンというのは、カノジョと同じクラスのバレーボール部所属のイケメンである。俺は無残な気持ちで、その短い手紙とイケダの顔をカワリばんこに見つめると、ていねいに便箋を封筒に戻し、ヤツの肩を力強く叩いた。

「まぁ、そういうこともあるさ。よし、俺が歌ってやる」

そう言って中村雅俊の『ふれあい』を歌いかけると、イケダは殺虫剤をかけられたゴキブリのように、手をバタバタと動かしながら叫んだ。

「やめろよ。まだ早いだろうが」

俺はギターの手こそ止めたけれど、その言葉の意味が理解できなかった。

「まだ早いって……どういうことよ？」

「俺がフラレたって決まったわけじゃないだろ」

いや、決まってるだろ——どう見ても確実に、トドメ刺されてます。

「だってさ、俺のコトが嫌いだとは、一言も書いてないんだぜ」

俺は思わず黙り込んでしまった。

現実を受け入れられない気持ちは、わからないでもない。イケダと来たら、トモコちゃんに関しては、まさに〝寝ても覚めても〟という状態だったからだ。ショックが大きすぎて、実感できないのだろう。

「この手紙には、どう見たって一ヶ月前からテラダのクソヤロウと付き合っているってことしか書いてないじゃないか」

クソヤロウはひどい。テラダがお前に何をした。

「つまり、俺に愛されているのにもかかわらず、テラダなんかと付き合ってゴメンなさい……という意味にも取れるじゃないか」

「イケダさ……オマエの気持ちもわかるけどね」

俺は思わずギターをじゃららん、と弾き降ろして言った。

「そういう手紙は、書いてある通りだと考えて間違いないと思うよ、うん」

俺が読む限り、自分にはテラダというカレがいるから、ゴメンなさい……という
ようにしか解釈できない。

「それが、違うんだよ」

イケダはニヤリと笑って言った。

「俺も初めは、オマエと同じように考えた。でも、何度も読み返しているうちに気
づいたんだ。そもそも、どうしてトモコちゃんが、ほとんど漢字を使わないで書い
ているんだと思う？」

「そりゃあ、オマエ、あの子は……」

言いたかないけど、けっこうアタマ悪いだろ——そんな言葉が出かかって、俺は
慌てて飲み込んだ。イケダの前で、その手の発言はタブーだ。

「ほら、見てみろよ。それぞれの文の頭の文字を」

「文の頭の文字？」

文と言っても何だかコマ切れで、それらしいものは少ないが、要は句読点のマル

までで一つの文ということだろう。

「あ……い……じ……」

「あ、その次は句読点のテンで文が切れてるんだと思ってくれ」

つまり、てらだクンの〝て〟も読めということか。

「て……ま……す」

つまり全部つなげると、あいじてます——まさか〝愛してます〟ってこと？

「なっ、どうだよ」

その時のアイツの、鼻の穴をおっぴろげた顔を忘れるコトができない。どこか勝ち誇ったような、いわゆる〝どや顔〟。

「それ、マジメに言ってる？」

俺が尋ねると、イケダは当然のようにうなずいた。

「オマエ……痛いぞ、めちゃくちゃ」

長い沈黙の後、俺はポツリと言った。しばらくの間、イケダは何も答えなかったが——やがて、俺に負けないくらいに、ポツリと。

「やっぱ、ムリあるかな」

「あるね、相当」

「そういう解釈は、あり得ないかな」

「あり得ないな……そもそも、何で暗号仕立てにする必要があるんだよ」

その俺の言葉が終わるか終わらないかのうちに、イケダがヘンな音を出した。

「ぐふっ、ぐふっ……ぐふっ」

何かと思って顔を見ると、ヤツは必死に泣くまいと歯を食いしばっていたのだった。

「いいんだよ、こういう時は泣いても」

そう言いながらギターを再び弾きおろすと、それが合図だったみたいに、イケダが声を放って泣いた。その迫力に気圧されたように、響き渡っていた蟬の声がピタリと止まったのを覚えている。

イケダには気の毒だけれど、この時のことを思い出すと、なぜか吉田拓郎の『春だったね』という曲が俺の耳の奥で鳴る。号泣するヤツの姿に、なぜか若い日の拓郎がシャウトする声が重なって聞こえるのだ――あぁ、あれは春だったんだね。

ちなみにイケダは、後に大学を卒業して某加工食品会社に入り、それなりに出世したが、先日、会社が製造年月日の改ざん問題を起こして、テレビで社長たちと並んでアタマを下げていた。また何か都合のいい解釈を言い出すんじゃないかとヒヤヒヤしたが、どうにか、それはしなかった。

少しは成長したのかもしれない。

ラビラビ、宇宙へ

月周回衛星打ち上げの時間は、刻々と迫っていた。打ち上げ準備用チェックシートの二ページまでクリアし、いよいよ最終荷物積み込みのシークェンスに入る。

「ニシジマ、そろそろ彼を……衛星の中に」

騒々しい管制室の中で、上司が僕の耳に顔を近づけて渋い顔で言った。あぁ、いよいよ、この時が来てしまった……と、僕は絶望的な気持ちになる。

「部長、やっぱり乗せるんですか」

「仕方ないだろう――彼自身の望みでもあるんだから」

部長の顔には、もう、その話はやめてくれ……と書いてある。すでに何十回と繰り返した議論を、ここに来て、再び蒸し返そうとは僕も思わない。

僕は部長に一礼すると管制室から出て、同じフロアの端にある控え室に向かった。

ふだんは見学者（それも、偉いさんの）用の応接室に使っている部屋だ。

控えめにノックすると、中から横柄な感じの返事があった。

「おう、入んなよ」

言われたとおりに扉を開けると、ブルーのカーペットの上に応接セットがあり、そのソファの一つに茶色いウサギのヌイグルミが転がっていた。他には誰もいない。

「そろそろ時間です」

「おっ、そうかい」

そう返事をしたのは、当のウサギのヌイグルミだ。同時に頭に糸がついているみたいに、ピョコンと起き上がる。

「いよいよ宇宙かぁ。ワクワクしてくるねぇ」

まるで内蔵されたモーターで動いているように、ウサギのヌイグルミは身を震わせた。けれども彼の中には機械の類《たぐい》は入っておらず、スポンジ百パーセントであることは、すでにレントゲン検査で明らかになっている。それにもかかわらず彼は自分の足で歩き、意思を持ち、あまつさえ話しているのだ。

「ロケットの調子はバッチリだろうね」

彼は——いや、ラビラビは、壁にかけられているロケットの写真パネルを見上げながら言った。その写真こそ、まもなく打ち上げられるＶＢ——Ⅱ型ロケットだ。

「もちろん完璧に仕上げてありますよ。衛星の方にも、問題はありません」

「いやぁ、すごいもんだね、科学技術の進歩ってのは」

僕から言わせれば、彼の方が何倍もすごいと思う。ただのヌイグルミに過ぎない彼が、どうして人間のように歩いたり、話したりしているのだろう。

「そりゃあ、おまえ、才能ってヤツだよ」

以前に同じ質問をした時、彼はそう答えた。

「おまえが知らないだけで、俺みたいに歩いたり話せるようになったヌイグルミは、けっこう多いんだぜ。もちろん数は少ないけどな」

彼は自分の長い耳を両方に引っ張りながら、僕をからかうように言っていたものだ。

今となっては確かめる方法はないのだが、何でも、かつて大国が打ち上げた無人衛星の多くには、彼のような〝心のあるヌイグルミ〟が搭載されていたらしい。何せ彼らはものを食べないし、真空にも耐えられる。個人差はあるものの知力も備えているので、衛星のちょっとした故障ならば直すことができる。つまり無人衛星の管理人としては、申し分ないのだ。

(それって、どうなんだろう)

彼が秘密裏に衛星に乗り込むと聞いてから、ずっと僕は考えていた。いくらヌイグルミと言っても、生きているとしか思えないものを、二度と帰ってこられない宇宙の旅に出すのは、いかがなものなのだろうか。

非人道的だと声を上げたい気持ちもあったが、それが彼自身の意思によるものだと聞いて、僕は何も言えなくなった。むしろ、そうすることが彼にとっては満足の行くことらしいのだ。

「じゃあ、行こうかい」

ソファからぴょんと飛び降りて、ラビラビは小走りで扉に向かった。

「あっ、ちょっと待ってください。あなたが歩いているところを、人に見られるのはマズイです」

「おっと、そうだった、そうだった」

彼は急に立ち止まり、勢い余って床に転がる。

「じゃあ、衛星まで連れてってくれよ。耳はつかむんじゃねぇぞ」

「そのへんは、心得てます」

僕は彼の軽い体を抱き上げて、部屋を出た。長い廊下には人気がなかったが、管制室から漏れてくるいくつもの声が、空気を緊張させている。

「でも、ラビラビさん。本当にいいんですか？　ロケットで宇宙に飛び出してしまったら、二度と地球には帰って来られないんですよ」

廊下の突き当りにある扉を出て、非常用の外階段を降りながら話した。

「あぁ、それはもう納得してる。だから、俺に悪いとか感じなくてもいいんだからな」

「でも……」

非常階段を降り切ると、そこは研究棟の裏に出る。そこには自転車置き場があって、僕は自分の自転車の前カゴに彼を乗せた。

「なんか、映画の『E.T.』みたいですね」

「あいつもヌイグルミみたいなもんだからな」

それから僕は、この島の端っこに作られたロケットの発射台まで自転車を走らせた。だいたい三キロ近くある。

「まぁ、どのみち古ぼけたヌイグルミなんて、もう用済みだからな。いっそ宇宙にでも行った方が、サッパリするってもんだ」

カゴの中で地面の凸凹どおりに跳ねながら、彼は言った。

「そんなことないですよ。ラビラビさんは、普通のヌイグルミとは違うじゃありませんか」

彼の言葉を信じれば、歩いたり話したりできるヌイグルミは、僕らが考えている以上に多いそうだが——少なくとも、そういうヌイグルミには普通以上に価値があるのではないだろうか。

「普通とは違うから、普通に生きるなってか？　はん、俺はそういうのはゴメンだ」

彼は自転車の前カゴに両手でつかまって言った。

「俺は生涯、一ヌイグルミよ。香苗ちゃんが幸せになったんなら、もう用済みなんだ」

香苗というのは、もともとの彼の持ち主らしい。

「そんなことはないですよ。その……香苗さんって人も、きっとラビラビさんのことを探してるんじゃないですか」

「あぁ、きっと探してくれてるだろうな」

どこかシンミリとした口調で、彼は答えた。

「でも、それならそれで、離れた方がいいんだ。人間、いつまでもヌイグルミを抱いてばかりもいられないだろ」

「そりゃ、そうかもしれませんけど」

「だいたいな、俺たちヌイグルミには、あげる愛情はあっても、もらう愛情はねぇんだよ。大事にされるのは嬉しいが、だからって押入れの中に押し込められちゃ、死んだも同じだからな」

「そういうもん……ですかね」

何だか僕は何も言えなくなって、その後は黙ってペダルを踏み続けた。

やがて発射台近くの退避エリアが見えてくる。そこで別の係の人間に彼の身柄を手渡せば、僕の仕事は終わりだ。なるべく急いで管制室に戻らなくてはならない。

「じゃあ、ニシジマ、お前も元気でやれよ」

最後にそれだけ言うと、彼はダラリと体の力を抜いた。彼が歩いたり話したりすることは、トップシークレットなので、ごく一部の人間しか知らない。

「じゃあ、これをお願いします」

僕は退避エリアの隅で、普通のヌイグルミのふりをしている彼を、係の人間に手渡した。

「了解しました……それにしても無人衛星にヌイグルミを積むなんて、しゃれていますね」

「彼は守り神だからね」

係の人間は、大切そうに彼の体を抱えた。その後、人工衛星のモジュール内に作られた棚の中に、ラビラビは置かれることになる。

「じゃあ、お気をつけて」

最後に僕が小声で言うと、ラビラビは少しだけ耳を動かして見せた。

やがてロケットは、定刻どおりに打ち上げられた。数日後、衛星は月周回軌道に無事に乗ったが、当初は通信回線が繋がらずに、スタッフをヤキモキさせた。数時間後、どうにか無事に繋がったが、ほんの数秒だけ映った衛星内の映像に、ウサギの耳のような影が映りこんでいた。

今も彼は、月のまわりをクルクルと回り続けている。そして特別に作った小さな窓から、この地球を見ているはずだ。

案外、呑気にやっているのかもしれない。

ニセウルトラマン

オタクであることは、まったく悪いことではない。

この場合は、いわゆるマンガやアニメ、特撮マニアなどをさす言葉として使っているが、何ごとも熱中するのはいいことだし、無趣味でメリハリなく毎日を生きていることに比べれば、楽しいのではないかと思う。実際、それほど濃くなくても、男同士で飲んでいたりすると、その手の話で盛り上がったりすることが、しょっちゅうあるものだ。

先日も友だち何人かで集まった時、誰かが何かの特撮番組の話を出したことで、そっちの方に話が転がって、思いがけず白熱した。ちなみに参加者は男ばかり五人、年齢層は二十代後半から四十代半ばまでと幅があり、仕事もバラバラ、育ってきた家庭環境もバラバラ……という連中である。それでも、その番組さえ知っていれば話が合うのが、こういうもののいいところだ。

「特撮番組を見てると、ヒーローのニセモノって、かなりの高確率で出ますよね」

ニセモノ談義の口火を切ったのは、三十代になったばかりのG君だった。

「そうそう、けっこう明らかな違いがあるのに、劇中人物は違いがわかんなかったりするんだよねぇ。ほら、最初の仮面ライダーで、何人もニセモノが出てきたの知ってる？」

僕と同じ四十代半ばのSさんが、笑いながら言った。真性特撮オタの僕には、それがゲルショッカーが作ったショッカーライダーだとすぐにわかる。一号から六号までいて、主人公とまったく同じスタイルをしているのだが、手袋とブーツの色が黄色で、マフラーはそれぞれに異なる色のものをしているのが特長だ。

「あぁ、ショッカーライダーですね。みんなマフラーの色が違ってて、№1が黄色、№2が白、№3が緑、№4が青、№5が紫、№6がピンクなんですよね」

三十代後半のK君が、どこか自慢げに鼻の穴を膨らませて言った。

「おっ、さすがK君、詳しいなぁ」

その場のみんなは、口々にK君の博学をたたえた。もちろん僕も知っていたが、彼に一足先を越されてしまい、ちょっと残念だった。

「他の仮面ライダーにも、ニセモノって出てきたんですか」

もっとも若い（と言っても、二十代後半）Y君が、さらに話を広げた。オヤジどもの話に付き合ってやろうという、殊勝な心がけなのだろう。

「そうだね、たとえばシーラカンスキッドの化けたニセライダーマン、カメレオンファントマの化けたニセXライダー、サンショウウオ獣人が化けたニセアマゾンライダーとか……村上弘明《むらかみひろあき》がやっていた新・仮面ライダーでは、ドロリンゴが三体のスカイライダーに化けたりしたよ。この時、手袋とブーツの色が黄色で、ショッカーライダーを意識したものだったんだ」

「えっ、カメレ……なんだって?」

「カメレオンファントマですよ。ゴッドの悪人軍団の一人です」

まさに〝立て板に水〟状態のK君であったが、正直、少しヤバイだろう……と僕は思った。

同じ特撮オタクの僕は、彼の言うことを半分程度理解できたが（さすがに村上弘明氏が演じた『新・仮面ライダー』は、初期しか知らない）、他のメンバーは、そこまで深く特撮を愛しているわけではない。こういう状況では、できれば誰でも知っているメジャー作品のみに話題を限定しておいた方が、まぁ無難なのだ。

「あと『変身忍者嵐《へんしんにんじゃあらし》』でも、西洋妖怪のゴーレムがニセ嵐になったね。これはマフラーの結び目が反対で、肩の紋が違うっていう微妙な区別だったけど」

さすがに、そのあたりになると暴走である。番組自体、あまり再放送されなかったので仮面ライダーシリーズほど知名度は高くないし、さらに番組後半のテコ入れ策である西洋妖怪シリーズ末期と来れば、よほどの好き者でなければ知らないだろう。

「そういえば『水戸黄門《みとこうもん》』でも、ニセ黄門さまが何回か出てきたんだよね。その中に、後で二代目黄門さまになった西村晃《にしむらこう》がいてさ」

Sさんも K君の暴走に気付いたのか、話題をうまくズラした。一応、時代劇つながりか。

「全然違う顔なのに、うっかり八兵衛《はちべえ》なんかが、『どっちがどっちだか、まったく区別がつかねぇや！』とか言って、笑わせてくれるんだよね」

「完全に別人なのにねぇ」

さり気なく話題が特撮から水戸黄門に移りそうだったのだが、若手のY君が道を戻してしまう。たぶん、一番年の近いK君に気を使ったのだろう。

「そういえばウルトラマンに、悪い宇宙人が化けたニセモノがでましたよね。目が、こう、ぐっと吊りあがってるやつ」

「あぁ、ザラブ星人が化けたニセウルトラマン……あれは数あるニセモノの中でも、思いっきりカッコイイね」

そう受けてしまったのは僕である。この言葉通り、僕はニセウルトラマンのデザインが大好きで、黙っているコトができなかったのだ。目もアゴも尖がり、いかにも凶悪そうな面構えで、体全体で〝悪いウルトラマン〟を表現している秀逸キャラクターだ。そのわりに弱かったのが、今もって悔しい。

「そうそう、ニセウルトラマンって言えばさ」

まさにK君が口を開こうとした瞬間、G君が言った。

「ちょっと、いい話があるんですよ……実は、僕の友だちに、Mっていうヤツがいるんですけど、こいつが中学の頃、七つ年下の弟が、難病にかかって入院したんですよ」

難病の子供の話なら冗談でも茶化してはいけないので、みんなは真剣に聞くモードに移行した。ただK君だけが、何か含むものがあるような、ウツウツとした目をしているのが印象的だった。きっと、ニセウルトラマンについてのウンチクを傾けようとしていたところだったのだろう。

「その弟もウルトラマンが大好きで、子供の頃から再放送は絶対に見逃さないようにしていて、怪獣図鑑もたくさん持っていたらしいんです」

「昔はビデオもDVDもなかったからな。テレビの放送がすべてなんだよね」

「僕もMから聞いただけなんですけど、弟さんは本当にウルトラマンが好きで、辛い治療でも、怪獣図鑑を見せながらだったら、がんばって声一つあげなかったそうで……」

「けなげだなぁ」

「野口英世みたいだけど、子供って、そういうもんですよね」

感受性が強いのか、Y君も早々にしみじみモードに突入していた。

「弟さんは、そんな風にがんばってたんですけど、兄貴の方がね、中学の時、ちょこっとだけグレちゃったんです。やっぱり親御さんが弟にかかりきりだったみたいですし、寂しかったんじゃないですかね」

「あぁ、わかる、わかる。弟さんも大変だけど、お兄ちゃんだって多感な頃だから」

みんなは口々に賛同した。何となく、そのMという中学生の顔まで想像できそうだ。

「それで、いきなり髪にパーマ掛けて、眉も細くして……何て言うんですか、頭の生え際をMの字型にするヤツ」

「あぁ、鬼ゾリっすね。相当気合入ってないと、できないっすよ」

何もかも知っているような口ぶりで、Y君が言った。何だか口調まで、少し違ってきたような気がするが。

「それで、その格好で、初めて弟の見舞いに行ったそうなんですよ。病院が遠かったんで、二週間ぶりくらいだったそうなんですけど」

「いきなり兄貴がそんな恰好になっちゃったら、弟さんもビックリしただろうね」

子供がかわいそうになる話が大の苦手のSさんが、眉をひそめて言った。

「びっくりするどころか……弟はMの顔を見て、『ニセ兄ちゃんだ！』って叫んだそうなんです。それどころかMを病室から追い出して、扉をずっと押さえてたらしいんですよ」

「それって、真剣にそう思ってたのかな」

僕が尋ねると、G君は深々と頷いた。

「Mの話によると、真剣そのものだったそうで……悪そうな格好をした兄貴が来たから、本当にニセモノだと信じ込んでいたみたいなんです。それで病室の扉を押さえて、『わかってるぞ、ニセモノめ。兄ちゃんは、そんな怖そうな顔をしてないんだ。兄ちゃんは、すごく優しいんだ』って叫んだそうなんですよ」

「うわぁ、泣けちゃうなぁ」

Y君がチューハイのグラスを、グッとあおって言った。

「それで、M君の方はどうしたの」

僕が尋ねると、語っている当のG君が、泣き出しそうな顔になって答えた。

「最初は『ふざけるなよ』とか言って、病室の扉を無理やり開けようとしたらしいんですけど……やがて、扉越しにこう言ったんだそうです――『よくわかったな、俺はニセモノの兄ちゃんだ。本物の兄ちゃんは、来週来るから待っていろ』。その帰りにMは床屋に寄って、いきなり五分刈りにしちゃったんですよ」

その様を想像して、みんなは黙りこくっていた。

「一週間後、眉毛は半端にしか戻らなかったそうですけど、改めてお見舞いに行って、弟と会ったんだそうです。そしたら弟さんがニッコリ笑って、『本物の兄ちゃんだ』って……今、Mはごく普通の会社員ですけどね、弟のせいでグレそこなったって、よく言ってますよ」

「弟さんは、どうしたの？」

「確か、この時から五年後くらいに亡くなったって聞きましたよ」

その話に深い感動を覚えて、僕たちはみんな黙りこくっていた。弟もけなげだが、兄ちゃんもいい。思いがけず、いい話を聞いたなぁ……という感慨が僕の中に広がっていた。

「それでニセウルトラマンのスーツは、いわゆるAタイプと言われている初期ウルトラマンのスーツをリサイクルしたものなんだよ」

いきなり、待ちかねたようにK君が口を開いた。

「でも、中に入っている人の身長が、本家ウルトラマンを演じていた古谷敏《ふるやさとし》氏とずいぶん違っていたから、本家の古谷ウルトラマンの方が腰を曲げたファイティングポーズをとって、ようやく顔の高さが合うという……」

「ちょっと、Kさん！」

Y君が声を荒げて言った。

「少しは空気を読んでくださいよ」

「えっ、何か俺……ヘンなこと言った？」

「会話っていうのは、生き物だからね」

突き放すようにSさんが言って、一同は深々と頷いたのだったが——明日は我が身、自分も気をつけなくてはと、僕もつくづく思ったのだった。

魔術師の天国

大正元年生まれの祖父が九十五歳を目前に亡くなったのは、今年の五月のことである。

ありふれた日本人だが、どことなく洋風の顔つきをしていて、見ようによっては『羊たちの沈黙』の時のアンソニー・ホプキンスを思わせる風貌であった。

私は生まれた頃から両親と祖父母と同居していたが、祖父は一人きりの孫である私をたいそう可愛がってくれた。共働きで不在がちの両親に代わって学校の行事に来てくれたり、あちこち連れて行ってもらったこともある。

聡明《そうめい》な人であったが祖母に先立れてから元気がなくなり、その前後に老年性痴呆症を患ってからは、家族やヘルパーの手助けなしには日常生活にも支障を来たすようになり、晩年の三年間は、終日をベッドで過ごした。

その頃、すでに私は成人して別の土地に一家を構えていたが、車で十五分ほどの距離だったので、十日に一度は実家を訪ね、何の返答もしない祖父の耳元に語りかけていたりしたものである。

時には小学生の子供たちを連れていき、眠りを妨げるように意図的に騒いでみたこともあった。なぜなら祖父は、かつて若き日に魔術師としてステージに立っていたことがある人で、賑やかな雰囲気を何より好んだからである。

「曾《ひい》おじいちゃんは、手品師だったの？」

かつて息子に尋ねられた時、私は厳重に訂正した。

「いや、手品師じゃなくて魔術師さ……曾おじいちゃんの魔術には、タネなんかなかったんだから」

「まさかぁ」

その時の息子は小学校の低学年であったが、私の言葉をあくまでも冗談と受け取ったようであった。まだ八歳かそこらの年齢の子供であっても、何のタネもなしに奇跡を起こせる人間の存在が――しかも、それが自分の曾祖父であることなど、とうてい信じられなかったのであろう。

けれど、それは冗談でも法螺《ほら》話でもない。祖父は確かに魔術師だったのだ。

幼い頃に友だちと喧嘩をして泣いて帰って来た時や、小学生の時に交通事故に遭《あ》って、ひと月近く入院していた時——あるいは何となく気が向いた時など、祖父はすばらしい魔術を私に見せてくれたものだ。

たとえば、しまってある本が本棚を飛び出し、開いた形で鳥のように羽ばたいて、部屋中を飛びまわる。

あるいはブロック玩具が勝手にお城の形に組みあがり、小さな人形が周りで動き回る。

畳の縁を道路に見立てて、何台ものミニカーが走る。

私が小学校で使っていたハーモニカが空中にふわりと浮かび上がり、まるで透明人間が吹き鳴らしているかのように、見事に『チューリップ』や『花』を奏でる。

それらはすべて、祖父がパチンと指を鳴らすことで起こり、再び鳴らすことで止まるのだ。

「おじいちゃん、どうして、そんなことができるの」

私が尋ねると、祖父はいつもにこやかに笑って答えた。

「若い頃、先生に習ったのさ」

もちろん習ってできるようになるものなら、私もその術を覚えてみたいものだ……と思い、何度も教えてくれるように頼んだが、そのたびに祖父は「もう少し大人になったら」と言うばかりだった。

その答えに満足が行かなくなったのは、中学校に入ったばかりの頃だったろうか。その時も祖父は、指を鳴らすだけでテーブルの上にトランプの塔を組み上げ、私を驚かせた。その技があまりに鮮やかなので、私は今まで以上に教えてくれるようにせがんだが、祖父はニコニコ笑いながら前に聞いた言葉を繰り返すばかりだった。その時、いい加減に焦れた私は、こんな暴言を祖父に向かって吐いてしまったのだ。

「おじいちゃんのうそつき。本当は教えてくれる気なんか、初めからないんでしょう？」

祖父は悲しそうな顔で私を見つめていたけれど、やがてこう言った。

「実は……魔術を使うためには、あるものを捨てなければいけないんだよ。でも、それはおまえのような若い人間には、どうしても必要なものなんだ」

「あるものって……なに？」

「欲さ。欲を捨てなければ、魔術は使えないんだよ」

その時、初めて聞かされたのであるが、若き日の祖父に魔術を授けたのはマティラム・ミスラというインド人の魔術師であった。

マティラム・ミスラはカルカッタ（現コルカタ）出身で、何でもハッサン・カンというバラモンの秘法を体得していたらしいが、大正の頃には来日していて、東京《とうきょう》の大森《おおもり》にある竹藪《たけやぶ》に囲まれた洋館に住んでいたそうだ。ミスラに雇われて身の回りの世話をしていたのが祖父の祖母であり、その縁で祖父は魔術を習うことができたのだという。

しかし魔術を習うためには『我欲を捨て去る』という厳しい資格が必要で、ミスラの元に何人もの魔術師志願者が訪れたが（かの文豪・芥川龍之介もその一人であったと聞く）、悉《ことごと》くがその資格試験を通過することができず、涙を呑んだらしい。

なるほど、言われてみれば祖父は我欲のない人で、いつでも自分のことを最後に考える人であった。震災や空襲も経験しているそうだが、人を助けまわっているうちに、自分もついでに命拾いをした……という、天運任せでくぐり抜けてきたらしい。

「つまり、人よりお金が欲しいとか偉くなりたいと思う人間には、魔術が使えないってことさ。でも、そういう気持ちは、これからのおまえには必要なものだよ」

そう、確かに――若い人間にとって、欲は生きる力である。欲があるからこそ、それを得ようと努力し、ひいては進歩と向上に繫がるのだ。

そう言われてしまっては、私はあきらめざるを得なかった。どだい中学生の少年に、欲を捨てることなどできるわけがない。

けれど気落ちしている私が、可哀想に見えたのだろう――祖父は静かな声で、こう言ってくれた。

「いいさ……一度だけ、お前にも魔術を使わせてあげるよ。けれど、それは今じゃない。ずっと、ずっと先のことだ。それでいいかい？」

そう言った時の祖父の顔はとても優しく、慈愛に満ちていたのを覚えている。

約束が守られたのは、つい先日のことである。

その日、私は妙に輪郭のはっきりとした夢を見た。青い空がどこまでも広がる田舎道を、一人で歩いている夢である。周囲はなだらかな丘が続いていて、どことなくヨーロッパの田園風景のようだった。

夢の中で、私は中学生に戻っていた。

いったい何の用があるのか、その田舎道を黙々と歩いている。しばらく行くと大きなリンゴの木があり、その下に祖父が立っていた。まだ認知症を患《わずら》う前の、元気な祖父だ。

「やぁ、待っていたよ」

祖父は私を見つけると、うれしそうに手を振った。

「おじいちゃん！　どうしたの、こんなところで」

外見こそ中学生だったけれど、夢の中の私は現実の記憶を持っていて、祖父がベッドを離れていることに、ちゃんと疑問を感じていた。

「約束したじゃないか。今日はおまえに、魔術を使わせてあげるよ」

そう言うと祖父は、木の下においてあった丸い籐カゴを私に見せた。覗き込むと、中には白いロープを束ねたものが入っている。

「先生から習った、バラモンの大秘法さ。さぁ、これを吹いてごらん」

そう言いながら祖父は、先端が球になった褐色の笛を私に差し出した。実物こそ見たことはなかったけれど、それはインドの蛇使いが吹いている笛ではないか……

と、私は思った。

「おじいちゃん、もしかしたら、こいつを吹いたらロープが動き出すって言うんじゃないだろうね」

「よく知っているじゃないか。そのとおりだよ」

いったい、私はどこでそんな知識を得ていたのだろう。子供の頃に見たテレビかマンガかもしれないが、その知識では、その魔術の先はこうだ——蛇使いの笛を吹くと、カゴの中のロープが動き出し、やがて天に向かってニョキニョキと伸びていく。そのままロープはどこまでも伸び、魔術師のアシスタントは、そのロープにつかまって天に昇っていくのだ。

私は何だか嫌な予感がして、その魔術をやるのはいやだ……と祖父に言った。

「おかしな子だな。前は、あんなにやりたがったのに」

夢の中の祖父は笑いながら首をふった。

「だってロープが天に届いたら、おじいちゃんは、それを昇っていくつもりなんでしょう？　そして、もう帰ってこないつもりなんでしょう？」

「おやおや、バレていたのかい」

祖父はペロリと赤い舌を出して笑った。

「おじいちゃんがいなくなるなんて……いやだよ」

私が言うと、祖父は困ったように答えた。

「でもなぁ……魔術師の天国に行くには、この方法しかないんだよ」

「魔術師の天国？」

「そうさ。魔術師は、みんな魔術師の天国に行くんだ。知らなかったかい？」

そんなこと、凡人の私が知るはずもない。

「おまえが笛を吹いてくれないと、私は、ずっとこのままでいなくっちゃなんないんだ……正直、少しくたびれたよ。もう、おばあちゃんに会いに行っていいだろう？」

祖母は魔術師ではなかったけれど、やはり『魔術師の天国』で祖父を待っているらしい。

「さぁ、この笛を吹いておくれ」

祖父に差し出された蛇使いの笛を、私は渋々受け取った。吹き口に口をつけて適当に指を動かすと、ちゃんと音が出て、知りもしないメロディーになった。

「うまいうまい、その調子」

私の笛の音に反応して、籐カゴの中から白いロープが蛇のように頭をもたげ、クネクネと曲がりながら立ち上がった。

だが、三メートルほど伸びたところで、ロープは突然、命を失ったように倒れた。

「おや、どうしたのかな」

「おじいちゃん、ムリだよ。僕には欲があるから……おじいちゃんに行ってほしくないっていう欲があるから」

私が言うと、祖父は私の体をぎゅっと抱きしめた。

「ありがとう、おまえは優しい子だね。でも、ここはどうあっても、その欲を捨てておくれ」

祖父の厳しい言葉に、私はもう一度蛇使いの笛を吹いた。

再びロープは動き出し、まっすぐ空に向って伸びていく。五メートルほど伸びたところで、祖父は、そのロープに飛びついた。

「みんなと仲良く、元気にやるんだよ」

蛇使いの笛を吹いていた私には、その祖父の言葉に答えることができなかった。

ただロープにつかまって天に昇っていく祖父の姿を、下からずっと見送っていたばかりだ。

やがて祖父の姿は点のように小さくなったかと思うと、そのまま青い空に吸われて行き、見えなくなってしまった。

(おじいちゃん、さようなら)

そう思った時、一本の電話が夢を破った。けれど出るまでもなく――私には、それが祖父の訃報《ふほう》を告げる父からのものであることがわかっていた。

今から思えば、あの夢こそが、祖父の最後の魔術だったに違いない。

捕食電柱

幼い日、私は海辺近くの小さな町に住んでいた。

全体にのっぺりとした印象の町で、海風が何にも遮られずに吹き抜けて行く土地だった。海から高台に向って無数の家が張り付いたような印象で、何かの拍子にそれらの家がすべて海に滑り落ちてしまうのではないか……という恐れを、幼い頃の私は抱いていたものだ。

バスで二つほど行ったところに小さな港もあったが、その町に住む人の多くは、電車で三十分ほどの大きな都市や、そこに隣接している某大手企業の工場に働きに出ていた。町そのものには、これと言った産業もなく、駅前の商店街も昔から寂れた雰囲気だった。

その町のはずれに、まっすぐな一本の道があった。

幹線道路から何本か折れて枝分かれした道で、夏には他県から来た海水浴客の車が数珠《じゅず》繋ぎになったが、それ以外の季節には閑散《かんさん》としていて、そのあまりの落差は子供心にも痛々しく思えた。車の通る部分のみが舗装されていて、両側の人が歩ける部分は土が剝き出しという、田舎にはよくある道である。

その道はまっすぐ海に向って下っていたが、両側は畑だったり、背の低い人家が集まっていたりした。途中に国鉄の踏切があり、時々、長い貨物列車が海を背景に走っていくのを、学校帰りの私はよく見たものだった。

そう、その踏み切りなのだ、あれがいるのは——。

踏み切りは車二台がようやくすれ違えるくらいの大きさのものであったが、すぐ近くに一本の電柱が立っていた。私がずっと幼い頃は木製だったと記憶しているが、やはり海辺なので腐るのが早いらしく、わりと早い時期にコンクリートのものに変えられたと思う。

それは、見る限りは普通の電柱である。

ちゃんと電気会社の立てたもので、腹の部分にはブリキで旅館の広告がつけられ、さらには町名表示の役割も担っていた。今はその手の電柱はあまり見ないが、地上から二メートルくらいのところから、工事の人が登る足場の鉄杭が取り付けられていた。よく踏み切りを待っている小学生が、退屈紛《まぎ》れにそれに飛びつこうとしているのを何度も見たことがあるが、知らぬとは言え、思えば恐ろしいことをしていたものである。なぜなら、あの電柱こそ――生き物を体内に取り込んでしまう、『捕食電柱』なのだから。

いきなり何を言い出すのかと奇異に思われるかもしれないが、私はその電柱が生き物を捕食するのを二度見たことがある。誰に言っても信じてもらえないが（『お嬢ちゃん、ちょっと空想が過ぎるんじゃないかね』とか、『〇〇電力が、どうしてそんなものを立てなくっちゃならないんだい？』とか――そんな言葉を、今まで何度聞かされたことか）、自分の目に間違いはないと、今でも思っている。

初めに見たのは、小学四年生の秋のことだ。

その日、私は学校の近くにある友だちの家で遊んだ。友だちが誕生日に買ってもらったというゲームが面白く、なかなか腰をあげることができなくて、気がつけば五時を回っていた。慌てて外に出ると思いがけず暗くなっており、すでに空は夕暮れていた。海の上は紫の多く混ざった夜の色に変わり始め、一番星が出るのもまもなくかと思えた。

暗くなるまでに戻らないと母に叱られるので、私は慌てて友だちに別れを告げると、小走りで自分の家に向かった。やがて、まっすぐの一本道に出て、例の踏み切りにたどり着いた。

しかし運の悪いことに、滅多に閉まることなどない踏み切りなのに、私がたどり着く直前に警報が鳴り始め、遮断機《しゃだんき》が降りてきた。夕方で電車の本数が増える時間だったからだろう。

電車の姿はまだ見えなかったが、もちろん、そのまま遮断機をくぐってしまうような真似《まね》はできない。私は焦れた気分で、電車が通り過ぎるのを待っていた。やがて何台かの車やオートバイ、歩行者が加わって、その場には、それなりの人数がいた。

その時、私の近くに一匹の犬が寄って来た。その踏切から路地を一本入ったところにある床屋の飼い犬で、灰色の体毛をした中型の雑種犬だ。人懐っこい性格で、やたらとお客さんにジャレ付いて困る……と床屋のおばさんはよく言っていたが、実際は、それほど真剣に困っている風でもなかった。確か名前はチビだったと思う。

チビは私を見つけるとジャレ付いてきたが、その時の私は気が急《せ》いていたので、あまり相手になってやらなかった（今思えば、少しくらい遊んであげればよかったと思う）。チビはつまらなさそうだったが、やがてそのあたりの匂いを嗅ぎ回ったり、電柱のまわりをグルグル回り始めた。私はその様子と、ようやく遠くから近づいてきた電車のライトを交互に見ていた。

やがて電車が踏切を通って行く瞬間――その轟音を待っていたかのように、不意に電柱から竹箒《たけぼうき》のような長い腕が飛び出してきて、近くにいたチビの体を押さえた。かと思うと、その体をコンクリートの肌で、するりと吸収してしまったのだ。

時間で言えば、二秒もかかっていなかっただろう。モールス信号のように強弱のついた通過電車の明かりの中で、その様を私は確かに見た。

やがて遮断機が上がって、待っていた人たちは歩き出したが、チビの姿は完全に消えていた。私は周囲を確かめたが影も形もなく、名前を呼んでみても何の反応もなかった。

もちろん、何かの見間違いだと思った――どこの世界に、生き物を捕らえて吸収する電柱があると言うのだろう。

けれど、あの竹箒のような腕と、電柱に取り込まれて行く不自然な姿勢のチビの姿が、はっきりと目に焼きついていた。おそらく小さな吠え声の一つも上げたかもしれないが、電車の音でまったく聞こえなかった。

何だか見てはいけないものを見たような気がして、私は大慌てで家に戻った。その私を見て母は不思議そうな顔をしていたが、私は何も言わなかった。自分でさえ信じられないものが、いくら母とは言え、他人に信じてもらえるとは思えなかったのだ。

あくる日、日の高いうちに電柱を見に行ってみたが、見る限りはただの電柱だった。思い切って触ってみても当り前のコンクリートの手触りで、変わった様子は何もなかった。念の為に床屋の前まで行ってみると、前日からチビが帰ってこない……と、おばさんが心配していた。むろん、私は何も言わなかった。

次に見たのは小学六年の頃で——今度は人間だった。

それは十二月の半《なか》ば頃のことで、その時の私は学校の帰りだった。卒業記念の壁画（それは今でも私の母校の体育館に飾られている）が遅れていて、一時間ほど残って作業していたのである。

時間はまだ四時頃だったが、冬ともなれば日暮れは早く、校門を出た時には、すでにあたりは朱色の光に染め上げられていた。私は途中までは友だちと一緒だったが、途中で別れ、一本道を一人で歩いていた。

その時、踏み切りの遮断機は開いていて、周囲に車の姿などはなかったが、例の電柱の前に白っぽいコートを着た人影があるのを、私はかなり遠くから気付いていた。長い髪の女性らしく、何か紙のようなものを覗き込んでいるようだ。

私が近くまで行った時、その女性に声をかけられた。まっすぐな長い髪を真ん中から分け、目のパッチリとした可愛い感じの人で、近所では見た覚えのない人だった。手にしているのは、誰かに書いてもらった地図らしい。

「ねぇ、お嬢ちゃん……海に行くのは、ここをまっすぐでいいのかしら」

そう尋ねられて、私は一瞬、返事に困った。その先で道は緩やかにカーブしていて、けして〝まっすぐ〟と言うわけではなかったからだ。けれど枝道らしいものはないので、そういう意味では〝まっすぐ〟と答えていいのかもしれない。

「この道を、歩いていけばいいんです」

返事に窮《きゅう》して、私はそう答えた。こんな時間から海に行っても面白くないだろうに……とも思ったが、それは余計なお世話と言うものだ。

「そう……だいたい、どのくらいかしら」

そう尋ねられ、時間を聞かれているのか距離を聞かれているのかわからなくて、再び私が頭を捻った時だ。女の人に向けていた私の目の端に、いつか見た竹箒のような腕が見えた。女の人は電柱に背を向けるような形で立っていたのである。

「きゃっ」

女の人は小さく叫んだが、その口を小さな手に塞がれてしまったので、声が響くことはなかった。もう一本の細い手が彼女の腰の上に回され、風変わりなベルトのように見えた。

後はチビと同じだった。女の人は私に向って手を伸ばしていたが、ものの数秒もしないうちに電柱に抱きかかえられ、肩から下げたバッグごと、するりと吸収されてしまったのである。見ようによっては、排水溝に吸い込まれて行く虫のようにも見えた。ただ残ったのは、手に持っていた地図のみ――。

電柱の中に女の人の姿が消えてから、私は叫んだ。それを聴きつけた近所の家の人が飛び出てきてくれたが、私の言うことには首をかしげるばかりだった。

その時は駐在さんまで来る騒ぎになったが、結局、女の人の行方《ゆくえ》はわからなかった。何でも他県から来た人で、町はずれの旅館に一人で泊まっていた人らしい。部屋に遺書めいたものがあったので、おそらくは自殺するつもりで私の町に来たのだろう。

そういう事情だったせいか、私の言うことを信じてくれる人はいなかった。あるいは、すでに海で死んでいた女の人が、幽霊になって私の前に現われたのではないか……という推論をつける人までいて、何となくうやむやになってしまったのだ。

けれど、私は確かに見た。

生き物を捕食する電柱は実際にいて、誰にも気付かれないうちに、あんな風に人間や動物を捕えているのだ。おそらくは、あの電柱の中に潜んでいる何者かの所業ではないかと、薄々感じているのだが――私が中学の時に姿を消した母も、父は男と逃げたと嘆いていたが、本当はあいつにやられたのだろうと私は思っている。

その後、私は成人して町を出たが、今でもあの電柱が同じ場所にあるかどうかは、今日まで確かめていない。

まぼろし観光ツアー

「シンジュクシティーに来るのは、久しぶりだな」

添乗員仲間のアンディーが、眼下に広がる夜景を見ながら呟いた。群れ集った巨大ビルや数多のネオンサインが作り出す光景は郷愁に満ちていて、同じ風景を何度となく見てきた私ですら、胸に迫るものがあった。

「これだけ明るいのに何も作り出していないなんて……本当に贅沢な話だ」

私が呟くと、隣のシートに腰を降ろしていたアニタが、微《かす》かな笑みを浮かべて尋ねてくる。

「アマン、あなたはシンジュクシティー上空に来ると、いつも同じことを言うのね」

「そうかい」

もしかすると、以前にも同じことを指摘されたかな……と思いながら、私は答えた。

「たぶん僕は、今回のツアーのお客さんたちと同じ周波数を持っているんだろうね……アメリカやメキシコより、ジャパンの旅の方が好きなんだ」

「もしかすると、アマンの遠い先祖はジャパニーズだったんじゃないか」

トニーが、いつもの軽口を叩く。

「おい、今のは完全平等法に抵触するぞ、トニー。個人の祖先がどの人種系列に所属するか、詮索および類推する行為は禁じられている」

副機長のレオンが鋭い口調で言ったので、コントロール・ルームの空気がピンと張り詰めてしまった。

「申し訳ありません」

トニーがしおらしい声で謝ったのが面白いのか、マギー機長が小声で笑ってから言った。

「人種や宗教は過去の地球において、たびたび紛争の要因になってきたわ。幸い私たちの時代では、それらのものは完全にクリアされて、完全な平和と平等が実現されている……けれど、それに至る道が平坦でなかったことを、私たちは忘れてはならないわ。幾多の先人のおかげで、今の私たちが在る」

シンジュクシティーの夜景を見下ろしながら、機長は弁舌を振るった。女性のわりには、演説の好きな人である。

「でも……まぁ、あまり神経質になるのも、どうかしら。少なくとも仲間なら、もう少し言い方というものがあるのじゃないかしらね、レオン」

「しかし」

教条主義のレオンが不満げに口を尖らせかけたが、途中で思い直したのか、ふと柔らかい口調になって答える。

「確かに機長のおっしゃるとおりです。トニー、僕の言い方がよくなかった。ごめんよ」

「いや、僕がいけないんだよ。ジャパンは久しぶりだったんで、ついはしゃいでしまって……もしかしたら、僕の遠い祖先もジャパニーズなのかも」

「トニー」

同じミスを繰り返すトニー（もちろん、わざとだ）に、マギー機長は釘を刺す。

みんながクスクスと笑って、コントロール・ルームの中の雰囲気が、柔らかいものに戻った。長い旅の時には、トニーのような明るい性格の人間が一人いると、とても助かる。

「でも確かに、このところメキシコやブラジルへのツアーに人気が妙に集まっていて、ジャパンは久しぶりですね……いったい、どうしてでしょうか」

レオン副機長がつぶやくと、アニタが驚いたように答えた。

「副機長、ご存じないんですか？　今、若い女性の間では、インカ系が流行しているんですよ。ナスカ系と並んで」

「なるほど……女性が集まるところには、男性も集まる。それは、はるか太古から変わらない真理だな」

アンディーが手元にあった端末を操作して、はるか眼下のシンジュクシティーの狭い路地を映し出した。サラリーマン風の男が数人、『キャバクラ』と書かれた看板を出している店に、うれしそうに入るところだった。

「いや、言っていることは正しいけど、あれは違うんじゃないのかな。『キャバクラ』は、飲食店の一種だよ」

私が言うと、アンディーは首をかしげた。どうやら彼が、添乗員資格試験の合格ラインぎりぎりで受かったという噂は真実らしい。

「嘆かわしいのは」

ゴホンと咳払いして、レオン副機長が口を開く。

「どこの社とは申しませんが、ずいぶん杜撰《ずさん》な装備でツアーをしているところもあるらしいですね。不完全な光波バリアのせいで、たびたび船の写真やビデオが撮影されていると聞きましたが」

「いや、副機長、それどころじゃありませんよ。やはり、どことはいいませんけどね……現地の人間の生活圏にまで入るツアーを売り物にしている会社もあるんですよ」

我が意を得たりとばかりに、トニーが口を挟んだ。

「公になっていませんけどね、話によると、現地の人間に近づき過ぎて捕えられ、生命維持機能の更新ができずに、命を落としたお客さんもいたらしいですよ。あげくには、解剖までされたとか」

「やだわぁ」

　トニーの話にアニタが、怖そうにうなずく。そこで口を開いたのは、マギー機長だ。

「それは私も聞いています……何せ二十世紀後半から二十一世紀の人間には、私たちの乗っている時空航行艇は、どこか別の星から来た異星人の乗り物だと信じられていたそうですから」

「確かに、別の星であることは間違いないですけどね」

　アンディーが皮肉っぽく言った。

　確かに僕らは、厳密な意味では地球人ではない。けれど地球人の末裔《まつえい》であることは、疑いようのない事実だ。

「見かけもずいぶん違うし、言語によるコミュニケーションもできませんからね。そう思われても、仕方のないことかもしれません。それにしても……解剖はひどいですな」

　そう言ったのはレオン副機長だ。

「とにかく二十四世紀前の人類には、十分に気をつけた方がいいということでしょう。この機体の光波バリアの状態は大丈夫でしょうね？」

機長の指示に、アニタが数少ない計器の方にチラリと目をやった。

「今のところ、問題ありません。初期型レーダー波の吸収状態も良好です」

「なぁに、どのみちシンジュクシティーにいる人間たちは、空を見あげることは滅多にありませんから、大丈夫ですよ……彼らは地べたばかり見ています」

相変わらず路地の映像を見ながら、アンディーは呟く。

やがて予定のコースをすべて回って、ツアーは終了した。我らの時間で、ほぼ半日程度の日帰りツアーだが、原始期から邪馬台国、奈良、平安、鎌倉、室町……と、駆け足ながら、ジャパンの歴史を自分の目で確かめることのできたお客さんたちは、みんな満足そうだった。私自身も、仕事を忘れて楽しんだ部分があって——明日から、またがんばろうという気になった。

「これより、帰還のルートに入ります。時空震動による揺れも予想されますので、吸着シートのスイッチを『入』に合わせてくださるよう、お願いいたします。なお、時空ジャンプは三回に分けて行ないますので、お近くの窓から地球の姿をごらんください」

マギー機長がアナウンスし、時空飛行艇は時空ジャンプのシークェンスに入った。

時空ジャンプとは、ある位置に停止したまま時間を飛び越えるもので、タイムマシンが発明された頃から、すっかりおなじみになった方法である。理論書の多くには、三段跳びというスポーツの『ホップ・ステップ・ジャンプ』と同じだという説明が為されているが、そのスポーツを知っている人間が限られているのだから、意味のない解説であろう。ただ、移動しながらのタイムワープよりも遥かに安全で確実、移動に使うエネルギーも最小限で済むのは確かだ。今回のジャンプは、大気圏ギリギリのところまで上昇し、到着地点と同じジャパン上空で行なう。

「では、時空ジャンプ開始」

一度目のジャンプで、機体は二十五世紀後半にたどり着いた。窓の外に見えている地球の姿は、二十一世紀のものよりも、青い部分が遥かに少なくなり、茶色と黒の点が、表面にいくつも浮んでいた。

(この時に引き返していれば、よかったのに)

時空ジャンプの際には、いつも考えることを、再び私は考えた。

「二度目のジャンプです」

さらに膨大な時間を飛び越し、全体が焦げ茶色に染まった地球の上に出た。すでに海はなく、人類もいない。

「三度目のジャンプ……みなさん、地球のために祈ってください」

マギー機長の言葉に、コントロール・ルームの全員が胸の前で腕を交差して、両肩をつかんだ。これが我らの祈りのポーズだ。おそらくは客室でも、多くのお客さんたちが同じポーズをしているに違いない。

やがてジャンプが終了し——目の前には、漆黒の宇宙空間が広がっていた。地球があったはずの場所には、すでに何もない。

「正常にジャンプ完了。問題なし」

時間軸、空間軸がコンピュータの計算と寸分の違いがないのを確かめて、私は報告した。そう、私たちの時代では、そこに地球がないことが正しいのだ。

「では、母星に帰還します」

マギー機長はそう言って、機体を月の裏側へと発進させた。私は窓から地球があった場所を振り返り、すでに太古に失われたシンジュクシティーの雑踏を思い出していた。

僕らの移動教室

バスはガタガタと車体を大きく揺さぶりながら、校門の近くに止まった。

「やっと……着いたよ」

隣りに座った小川君《おがわ》が疲れきった声で言ったけれど、僕は何も答えなかった。午前中の山登りの時、かわし損ねた落石に直撃された肩がズキズキと痛んで、口を開く気にならなかったからだ。

「和夫《かずお》君も一緒に帰ってこられたら、良かったのにね」

狭い通路を隔てた座席に置いてある小さな花を見ながら、寂しそうに小川君は言った。

その花は二日目の沢登りで激流に飲まれた和夫君のために、みんなで摘んであげたものだ。と言っても、花がおいてあるのは、何も和夫君の席ばかりじゃない。みっちゃんや光君《ひかる》、野村《のむら》さんや金杉《かねすぎ》さん、トミケンやブーちゃん、稲葉《いなば》さん、宮地《みやじ》さん、クロベェ、青木《あおき》君、ゴンタの席なんかにも、花がおいてある。人によって違いがあるとPTAがうるさいらしいので、担任の上野《うえの》先生は花の種類、本数、大きさが平等になるように気を使っていたけれど、どうしても初日にいなくなった人の花が、少し多めになっていた。

「さぁ、みんな……学校に着きましたよ。順番に降りてください」

頭に包帯を巻き、片側のメガネのレンズにクモの巣のようなヒビを入れた上野先生が、前の方の席で言った。その腰につけている大きなナイフは、三組の藤巻《ふじまき》先生の形見だ。

「俺、藤巻先生のおかげで助かったよ」

そのナイフを見て思い出したんだろう、後ろの席にいたナベちゃんが、網棚の荷物に右手を伸ばしながら言った。けれど彼の左腕は使い物にならなくなっているので、隣りの席にいた学級委員の篠田《しのだ》君が代わりに降ろしてあげていた。彼にすれば親切のつもりなんだろうけど、まるで自分だけ目立ったケガをしていないのを、後ろめたく思っているようにも見える。

「あの時、藤巻先生が熊に立ち向かって行ってくれなかったら、俺もブーちゃんみたいにやられてたよ。左腕だけで済んでラッキーだった」

篠田君にとってもらった荷物を無事な方の右肩にかけながら、ナベちゃんは言った。

「うん……俺たち、陰でハゲ出っ歯とか言ってたのに……まさか、あんなに勇気がある先生だったとはな」

「俺は今でも、藤巻先生の最後の言葉が忘れられないよ……『君たちは僕の大切な生徒だ、一人でも多く、無事に家に帰すんだ』って」

藤巻先生のバーコード頭を思い出しながら、僕も何だか泣きたくなってきた。

「僕はトミケンの言葉が忘れられないよ。昨夜、入浴時間に言ってたんだ。『俺、この移動教室が終わったら、一組の岡田《おかだ》さんに告白するんだ』ってさ」

やっぱり小川君は僕に顔を向けて言ったけれど、また僕は何も答えられなかった。だって、あまりに露骨なフラグ過ぎるから——むしろ、そんなことを言うから、不幸な運命を呼び込んでしまったのではないかとさえ思える。

かわいそうに、トミケンはその後、突如セミナーハウスを襲撃してきたホッケーマスクを被った男にやられてしまった。もし四組の矢部《やべ》君がヤツにガソリンをかけて火をつけることを思いつかなかったら、被害はもっと大きくなっていただろう。次の児童会の会長は、彼に決まりだな。

みんなはバスを降りようと通路に出たのに、一番後ろの席で一人、じっと座ったままの子がいた。ひと月ほど前に転校して来た、森田《もりた》君だ。

「森田君、何やってるんだい。早くバスから降りて、校庭に整列しないと」

学級委員の篠田君が強い口調で言うと、森田君はやっと立ち上がったが、骨折した右足に痛みが走ったらしく、すぐにペタンと座ってしまう。

「仕方ないな……僕の肩につかまれよ」

「ありがとう」

森田君は篠田君の肩を借りて立ち上がり、ふと周囲の視線が自分に集まっているのに気づいて、ここぞとばかりに口を開いた。

「あの……ちょっと聞いていいかい?」

「何だい?」

「僕は越してきたばかりだから、よくわからないんだけど……この辺の学校って、どこもこんな過激な移動教室をやるの？」

僕は彼の質問の意味がわからず、思わず小川君と顔を見合わせた。

「移動教室って、こんなものじゃないの？」

「いや、違うと思うけど」

僕の答えに、森田君は首を傾げた。

「普通は、もっとノンビリしたものじゃないかな」

「さぁ、どうだか」

小川君が彼らしくもなく、底意地の悪そうな口調で答える。

「おい、転校生だからって、滅多なことを言うんじゃねぇぞ。移動教室をバカにするのは、いなくなった先生や友だちをバカにするのと同じだ。変なこと言ったら、タダじゃすまさねぇからな」

ナベちゃんが脅かすような口調で言ったので、それきり森田君は黙ってしまった。よくは知らないけど移動教室なんて、どこでもこんなものじゃないかと思うが。

やがて僕らはバスを降り、校庭にクラスごとに整列した。どのクラスもかなり生徒の数が減っていたけれど、丸ごと消えてしまった二組に比べればマシだ。

点呼を取った後、校長先生の話になる。

「えー、みなさん」

朝礼台に立った校長先生は、裸の上半身に包帯を巻いていたけれど、教育者としての威厳を忘れまいとしてか、その上に背広をはおっていた。が、肩のあたりにうっすらと血が滲んでいて、顔色もよくない。今朝、山中の道なき道を歩いていた時に、へんてこりんな生き物に齧《かじ》られた傷が開いたのだろう。何でもチュパカブラではないかという噂があったけれど、理科専任の永谷《ながたに》先生がショットガンで吹き飛ばしてしまったので、それは永遠の謎になってしまった。

「今回の移動教室は、本当にいろいろなことがありました。校長先生も、今まで何度も移動教室の引率をしましたが、これだけの損害を出したのは初めてです。特に出発して一時間も経たないうちに、二組のバスが高速道路から転落するとは思いませんでした。あれで出端をくじかれたような気持ちになりましたが、みなさんの元気に本当に助けられました。ここで改めて、みなさんにお礼を言いたいと思います」

あれは確かにきつかったな……と僕も思った。同じバスに乗っていた保健の先生がいなくなってしまったために、その後のアクシデントに十分な対応ができなくなってしまったからだ。

「本当にみなさんは元気で明るく、どんな時でも希望をなくすことなく、すべての行程を完全にやり遂げることができました。一日目、渡っていた橋が突然に崩壊した時も、七人のお友だちが落下しただけで済みましたし、その後の熊の出現の際には藤巻先生と何人かのお友だちがやられましたが、他の先生方の活躍で、あの凶暴な熊を仕留めることができました。特に片腕を失いながらも目潰しを喰らわせた図工の三浦《みうら》先生と、熊の咽喉にナイフを突き立てた上野先生との活躍は、すばらしいものがありました。さすが、現代は女性の時代です」

校長先生の言葉にみんなが拍手を送り、上野先生はヒビの入ったメガネのまま、恥ずかしそうに頭を下げた。セミナーハウスの部屋で息を引き取った三浦先生がいたら、同じように恥ずかしそうにしていただろうな……と僕は思った。

「二日目は、ちょっとお天気に恵まれなくて残念でしたね。もう少し雨が弱ければ、沢登りの時にも鉄砲水を食らうことはなかったと思うのですが、お天気ばかりはどうにもなりませんから、止むを得ません。まぁ、あの激流をクリアできたみなさんは、かなり運がいいと言えるでしょう」

　僕が好きだった神崎《かんざき》さんも、それで流されてしまった——つまり彼女も和夫君も、運が悪かったのだろう。

「その後のキャンプファイヤーでの失火に加えて、ホッケーマスクを被った男がチェーンソーを振り回してきたのには驚きましたが、どれも、みんなの元気で乗り越えることができましたね。今日の落石や急斜面での滑落で何人かのお友だちがいなくなりましたが、他のことに比べれば小さい被害と言えるでしょう」

　そう、僕もその落石で肩を砕かれてしまったけれど、いなくなってしまった友だちに比べれば、ずっと小さい被害だ。僕のすぐ前を歩いていた青木君なんて、まともに石に弾き飛ばされて、そのまま斜面を転がって行ったのだから。

「夕食の後、部屋で何人かの人がお菓子を食べていたという残念な話もありますが、とにかく、みなさんのおかげで、どうにか移動教室を終わらせることができました。いろんな困難を克服して、きっとみなさんは大きく成長しただろうと思います。来年には最上級生になるのですから、ぜひ、この調子で後輩を引っ張っていってあげてください」

誰からともなく拍手が起こったので、僕も歯を食いしばって肩の痛みをこらえながら、小さく手を叩いた。朝礼台の上で校長先生は満足げにうなずいていたが、しばらくしてから静まるように合図して言葉を付け足した。

「ですが、みなさん、まだ気を緩めてはいけません。家に帰るまでが移動教室ですからね」

そうだ、家に帰るまでが移動教室——まだ何が起こっても不思議ではないのだ。しっかりと用心しなくては。

そう思っていた時、僕の二人前に並んでいた森田君がうつむいて、急に泣き出した。

「おかしいだろ、こんな移動教室」

彼は泣きじゃくりながら言ったが、誰も何も答えなかった。僕はそんなことより、どうすれば無事に家に帰れるか——ただ、それだけを考えていた。

弟と鳥

父と新しい仏壇を買いに行って、弟は鳥と一緒に行方知れずになった。仏壇屋の店先で父が店の人と話している間に、姿が見えなくなってしまったのだという。

「だから、鳥なんか連れて行くなって言ったんだ」

あの日の夜、くたびれた顔で家に戻ってきた父は、丸いちゃぶ台で焼酎を飲みながら、不機嫌そうに言っていた。その横で母は割烹着《かっぽうぎ》の裾《すそ》で涙を拭きながら、ただただめざめと泣くばかりだった。

私は裸電球の光が届かない部屋の隅で、弟に何が起こったのか、ぼんやりと考えた。

弟が連れて行った鳥は、その十日ほど前、分校帰りに拾った文鳥だった。カラスにでもつつかれたのか、片方の翼の付け根を怪我していて、畑のわき道でバタバタと苦しげにしていたのだという。

それを連れて帰ってきた弟は、まめまめしくエサをやったり、赤チンを塗ってやったり、幼いなりに懸命に世話をしていた。もともとノンビリとした性格なのに、私たちが鳥に触ろうとすると顔を赤くして怒り出すほどで、弟はあの鳥にかなりの思い入れがあったのだろう。生まれつき左足が不自由だった弟は、もしかすると、あの鳥に仲間意識みたいなものを持っていたのかもしれない。

「人買いにでも、連れて行かれたのかもしれねぇな」

酔いの回った父は、余計なことを言って母をいっそう泣かせた。それは十分に有り得る話だと、私は思った。

あの鳥は怪我で飛べず、家にいる間も鳥かごに入れなくても（そんなもの、ありもしなかったが）、逃げたりはしなかった。だから弟もどこに行くにも肩に乗っけていたのであるが、もしかすると十分に傷が癒えて、突然に飛ぶことを思い出したのかもしれない。

仏壇屋の前で父を待っている時、ふいに肩から鳥が飛び立つ。弟は慌ててその後を追い、いつのまにか知らぬ通りに迷い込む。帰る道を探しているうちに日は落ち、はるか遠くの街角で泣いているところで人買いに会ってしまい、言葉巧みに連れ去られる——その光景を見たわけでもないのに、私はそうやって弟が消えてしまったのではないかと思った。

あくる日になっても、あくる月になっても、あくる年になっても、弟は帰ってこなかった。そのうち母さえ弟のことを言わなくなり、父は兵隊に取られた。私と母、妹と女だけになった家で三度の春を過ごし、やがて父の戦死が伝えられてからも、弟の消息は知れなかった。

私が十七歳の頃——奇妙な夢を見た。いや、あれは絶対に夢でなかったという自信があるのだが、中身がどうしても現実のこととは思われないので、夢と言う他はない。

その時、私は学校で出された針仕事の課題が終わらず、部屋で夜なべしていた。母と妹はすでに眠っており、部屋の明かりは落としていたので、私は机の上の小さな電気スタンドの明かりを頼りに針を動かしていた。

柱時計の音が、ボン……と短く鳴った頃である。私は不意に、短い笛の音のような鳥の声を聞いた。

（こんな夜更けに、鳥……？）

何度となく聞こえるその声に、私は首をかしげた。鳥は夜には目が見えないのだから、飛び回っているはずなどないのだ。

気のせいかと思い、私はそのまま仕事を続けたが、今度は何かが窓ガラスを叩く音を聞いた。トントン、トントン……と、まるで小指の爪の先で叩いているような、遠慮がちの音だ。

私は座ったまま窓辺にいざり寄ると、ほんの少しだけ窓を開けてみた。するとすぐ目の前の雨戸の敷居に、白い小鳥がとまっているのが見えた。落ち着きなく首を振りながら、それでもそこを離れないさまは、何か用があって来たような風情だった。

（どうしたのかしら、この鳥）

そう思った時、小さいけれど、はっきりと聞こえた――「姉ちゃぁん」と私を呼ぶ、弟の声が。

私は部屋の中を見回し、さらに外を見たが、その声がどこから聞こえてきたのか、まったくわからなかった。やがて、また弟の声。

「ここだよ、ここ」

まさかと思い小鳥に顔を近づけると——何と小鳥の背中に、まるでおもちゃのように小さくなった弟が乗っているのだった。

「あんた、いったいどうしたの」

私の問いかけに弟は叫ぶように答えたが、それでも何を言っているのか聞き取れなかった。体が小さいので喉も小さくなり、自然と響く声も小さくなっているのだ。私が右手の人差し指を差し出すと、小鳥はぴょんと飛び乗った。そのまま顔の近くに持ってきて、ようやく弟の言葉がわかるようになる。

「久しぶりだね。元気だった？」

私たちがどんなに心配していたかも知らずに、弟の口調はのんきなものだった。

「それどころじゃないでしょう。いったい、どうしたっていうのよ」

私はできるだけ声をひそめて言った。同じ部屋で眠っている母と妹への気遣いだったのだが、思えば二人を起こしてあげた方がよかったのかもしれない。たとえおもちゃのような大きさでも、弟に会えれば母も喜んだろうに——けれど、その時の私には、なぜかまったく、そういうことに気が回らなかった。

「ちょっと、こいつと遊んでいたんだよ」

それから弟は自分の身に起こった出来事を、つっかえつっかえに話した。

父と仏壇を買いに行った時、肩にとまっていた小鳥が突然に飛んでいってしまい、弟がそれを追いかけて迷子になってしまったところまでは、私の想像どおりだった。けれど、その先が、ずいぶん違っていたのだ。

小鳥を見失って弟が泣いていると、再び小鳥が戻ってきて、弟に人間の言葉でささやいたというのである。

「修一《しゅういち》さん、あなたのおかげで、こんなに元気に飛べるようになりました。そのお礼に、面白いところに連れて行ってあげますよ。どうぞ、私の背中に乗ってくださいな」

「そんなこと言われても、人間が小鳥になんか乗れるもんか。踏み潰しちゃうよ」

「大丈夫ですよ、不思議な呪文がありますから、私の言うとおりに唱えてごらんなさい」

弟は小鳥の言うとおりに、その呪文を唱えた。すると肩に乗っていた小鳥がどんどん大きくなって鶏くらいになり、お茶箱くらいになり、自転車くらいになり、ついには自動車くらいの大きさになったそうである。

「わぁ、すごいや」

弟は思わず飛び跳ねて喜んだが、まわりをよく見ると、近くの木がとてつもなく大きくなっている。その様子を見て、初めて自分の方が小さくなっているのに気づいたらしい。

「さぁ、小鳥の国に行きますよ」

弟が背中に乗ると、鳥は言った。

「小鳥の国？」

「とても楽しいところです。お友だちがたくさんいますよ」

それから弟は鳥に乗って空を飛び、どこかの山の中にあるという小鳥の国に行ったという。そこには弟と同じように体の不自由な子がたくさんいて、みんなで楽しく暮らしているのだそうだ。

「そこで遊んでいたら、時間があっという間に過ぎちゃってね」

小鳥の国がどんなに楽しいところか、弟は熱っぽい口調で語った。その笑顔には一点の曇りもなく、弟が本当に楽しい毎日を送っているのだ……と私に思わせた。

「お父さん、亡くなったんだね」

ひとしきり小鳥の国の話をした後、弟は不意にまじめな口調になって言った。

「骨壺は帰ってきたけど、中には紙切れが一枚入っていただけよ」

南の島で玉砕した父の遺体は回収されず、届いた骨壺の中には名前を書いた紙が入っているだけであった。あんまりな話だとは思うが、当時では珍しいことでもなかった。

「僕……帰ってきた方がいいかな」

弟は小鳥の頭を撫でながら、寂しそうに言った。「当たり前でしょう」と私は即座に答えかけたが——口に出る直前で、かろうじて言葉を嚙み潰した。

当時は戦争中で、けして明るいとは言えない世相である。足の不自由な弟は、たとえ戻ってきても大変な思いをすることが多いのではないか。兵隊に取られる可能性は少ないだろうが、そのために逆に生き辛くなるかもしれない。

そう思うからこそ、私はこんな風に答えたのだ。

「いや、あんたは、帰ってこなくていいよ。もっと小鳥の国で遊んでおいで」

その言葉を聴いて、弟はひどく傷ついたような顔をした。

「そうだね……僕も小鳥の国の方が好きだ」

弟はそう言うと少し頬を膨らませながら、右足の踵《かかと》で鳥の脇腹を蹴った。

あぁ、弟は誤解している……と私は思ったが、その時は遅かった。鳥はすばやく羽ばたいて宙に舞い上がると、そのまま暗い闇の中に飛んでいってしまったのだ。

「修一、違うのよ」

私は急いで立ち上がって外を見たが、すでに弟の姿も、鳥の姿も見当たらなかった。

あれから何十回と春は訪れたが、それきり弟は帰ってこない。むろん、白い鳥が家の軒先《のきさき》に現れたこともない。

きっと私は一生、弟に誤解されたままだ。

不思議な、あの子

「なかなか盛況ね」

　ワインのグラスを手にしたミツコが、あたりを見回しながら言った。

　確かに私たちの学年は四クラス百二十人ほどのはずだが、出席者は七十人あまり――小学校の同窓会と思えば、なかなかの出席率なのではないだろうか。貸し切ったレストランのホールに、たくさんの懐かしい顔が語り合っているのが見える。

　けれど、やはり三十代ともなれば、昔のままというわけには行かない。面影が感じられないほど（悪い方に）変わった子もいれば、逆に別人のようにきれいになっている子もいる。

「あのナカムラさんってさ、児童会の副会長やってた人でしょ？　あの子、思いっきり不自然な二重《ふたえ》になってるわよ」

「もしかして、あそこにいる人ってコジマくん？　何で、あんなに太っちゃったの？」

「問題はアオキくんよ。昔から怪しいとは思ってたけど……まさか三十二、三歳で、あそこまで抜けちゃってるとはね」

私は昔どおりミツコと私、ミホ、ナオミの仲良しグループで固まって、おしゃべりに花を咲かせていた。

「えぇっと……やっぱり、あの子は来てないんだね」

丸テーブルに置かれた料理を皿に取りながら、ミホが言った。今は中学の体育教師をしている彼女は、小学校の時より、ずっとごつい体型になっている。

「あの子って誰？」

「なんて言ったかなぁ……ほら、目が大きくってさ、髪はショートで……飼育委員か何か、やってた子」

ナオミの問いかけに、ミホが首を傾げながら答える。

「あぁ、そういえば、そんな子いたね。六年の二学期に転校しちゃった子でしょ？」

ミツコが指をパチンと鳴らして、懐かしそうに言った。このアクションは小学校からやっていた彼女の癖のようなものだ。今は小さな放送局でＤＪをしている彼女には、何となく似合っているような気もする。

「そう言えば、いたわねえ。あの子、何て言ったかしら」

確かに六年の二学期の初めに転校してしまったクラスメイトがいたことを、私も思い出した。だから卒業アルバムに写真も載っていないのだけど――名前は何て言ったかな。

「ちょっと変わった感じの子よね」

ナオミも思い出したらしく、オードブルをつまみながらつぶやく。彼女は夫と共にケーキ屋を営みながら、二人の子供を育てている。

「いつも話す時に、語尾に『～にゃあ』ってつけてなかった？」

「つけてた、つけてた。普通はそういうのってウザいんだけど、あの子のは何か可愛いんだよね」

ミホとナオミの会話を聞いているうちに、私もぼんやりと彼女の顔を思い出す。

本当に、あの子の名前は何と言っただろう――。

あの子は、けして勉強やスポーツができる子ではなかった。いや、むしろできな

い方で、何でも下から数えた方が早かったはずだが、彼女の場合は、それが愛嬌に
なっているようなところがあったと思う。
けれど――ときどき妙に鋭いことを、何気なくつぶやいていたこともあった。
「人間は忘れてしまう生き物だからにゃ。どんな素敵な記憶も、いつかは薄れてし
まうものにゃよ。でも、それで救われることだって、あるからにゃあ」
何の折だったか、そんなことを言っていたのを聞いたような気がする。その大人
びた言葉に私はハッとしたことがあったのだけれど――あれはいったい、いつだっ
たのだろう。
「そうそう、あの子、そういうとこ、あったよね。勉強はできないのに、本当は世
の中のことを全部知っているんじゃないかって思うようなことを言うの」
私の言葉にミツコが答えると、さらにナオミが乗っかってくる。
「それが不思議と、説得力があるのよね。もしかすると精神年齢が、私たちより高
かったのかな」
「それはないんじゃない？」
ミホがワインをがぶりと飲んで言った。

「だって、あの子、ウサギと話したりするんだよ。自分で変な声出してさ」

ミホの話によると——何でも放課後、家に帰ろうとウサギの飼育小屋の前を通りかかった時、その子が小屋の掃除をしながら、ウサギたちと話しているのを見たのだという。

「それが、けっこうリアルなのよ。『何でケンカするのにゃ』ってあの子が聞いたら、ウサギがさ、いろんな声で答えるの。『あいつが俺のエサをとるから悪いんだぁ』とか『小屋が狭くって、イライラすんだよぉ』とか……あれは結局、全部あの子が腹話術みたいにアテてたってことでしょ。アブないって言えば、何かアブないよね」

あの子なら、そんなこともしそうだと私は思ったが——そういえば校庭の隅の飼育小屋が、いきなり二倍近い大きさに作り変えられたことがあったのを思い出した。もしかすると、あの子が直訴して改善されたのだろうか。

「話してるって言えばさ、あの子が箒とかモップと話してるのを見たって言ってた人もいたわよ」

ミホの話に続いて、ミツコが言った。

「そうそう、たぶん、あそこにいる三組のニシカワさんだったと思うけど……いつだったかの放課後に、あの子が教室で箒とモップを三本ずつくらい並べて、何か話してたって。そしたら箒とモップがひとりでに動き出して掃除を始めたとか言っていたけど……ニシカワさん、その時は風邪で熱があったんだって。きっと幻覚を見たのね」

「そりゃ相当に高い熱だったんじゃないの？」

私が笑った時、すぐ隣で話していたユウヤが口を挟んできた。

「さっきから話してるのって、あの……よく赤いワンピース着てた子のことだろ？」

私たちと同じように彼も、その女の子の名前を思い出せないようだった。

「けっこう、おまえらも冷たいんだなぁ。あの子、おまえらのグループで、いつも一緒に遊んでたじゃないか」

その言葉に、私たちは顔を見合わせた。

「あんた、誰か別の人たちと勘違いしてるんじゃない？　私たち、そこまでは仲良くなかったわよ」

「いや、そんなことないって。五月の遠足の時だって、同じ班だっただろ」

「絶対違うって……だって、ほら」

私はバッグから一枚の写真を取り出して、ユウヤに見せた。今、話に出た五月の遠足の時に撮ったグループ写真だ。話のタネになるかと思い、アルバムからはずして持ってきたのだ。

「これは班ごとに撮ったやつだけど、四人しかいないでしょ」

そう、その写真には私、ミツコ、ミホ、ナオミの四人しか写っていない。

「あれ、ホントだ。俺の記憶違いだったかな」

写真を見たユウヤは、頭を掻きながら言ったが——彼が別のグループの会話に行ってしまってから、ナオミが小さな声で言った。

「言われてみれば……この写真を撮った時、私とカオリの間に、もう一人いたような気がする」

「やだ、怖いこと言わないでよ」

眉をひそめてミホが言うと、さらにミツコが言った。

「でも、確かにナオミのポーズ、誰かの体に寄りかかっているような感じじゃない？　それに、ちょうど一人分くらい間が開いてるわ」

それについては実は私も、この写真をアルバムの中に見つけた時に、同じようなことを感じていた。私の方に右腕を伸ばしたナオミのポーズが、妙に不自然なのである。もし私が誰かと身を寄せるように並んでいて、その人物の肩にナオミが手を置いているとすれば、辻褄《つじつま》が合うような気がするのだが。

（まさか……）

その写真をじっと見つめていると——ふっと、あの子の声が聞こえたような気がした。

「カオリちゃんは大人になったら、何になりたいのにゃ？」

いつだったか、本当にあの子に聞かれたような気がする。おそらく夏休みの終わり頃に、どこか広い公園のようなところで——あそこには確か、ミツコもミホもナオミもいたような気がする。

「私、大きくなったら、童話作家になりたいの」

そう答えると、彼女はきゅっと目を細めて言った。

「じゃあ、お別れのしるしに、みんなの夢が叶うように魔法をかけてあげるにゃ。でも、いくら魔法をかけても、自分でも努力しないとダメなのにゃよ」

あの子がそう言った瞬間、何だか虹色の光があたりを包んだような気がしたけれど――どう考えても、あれは夢だろう。どうして私が、あの子の夢を見なければならないのかは、わからないけれど。

その瞬間、不意にあの子の名前が、頭に浮かんだ。横を見るとミツコもミホもナオミも、何かを思い出したような顔をしている。

「どうして忘れてたんだろう。あの子の名前は……」

ナオミが言いかけた瞬間、私の頭の中に、風のようなものが通り過ぎたような気がした。何か芽生えかけたものを、すぐさま刈り取っていくような風が。

「あれ……今、何の話をしてたんだっけ」

十秒ほどしてから、私たちはお互いの顔を見ながら首をかしげた。

「そうそう、あのナカムラさんの二重が不自然だって話」

何かすっきりしないものを感じたけれど――ミツコが言うのなら、間違いないのだろう。私たちは、顔を寄せ合いながら、かつての同級生たちの変わりようを話しあった。

「そうそう、カオリ、新しい本を送ってくれて、ありがとうね。うちの子たち、二人ともあなたの大ファンよ」

話題の切れ目に、ナオミが言った。

「でも本当に、童話作家になれてよかったわね。よく努力したもんだわ」

「みんなだって……子供の頃の夢をちゃんと叶えたじゃない」

私が言うと、みんなは満足そうに顔を見合わせてうなずきあった。

ミツコはＤＪ、ミホは先生、ナオミはケーキ屋さん＆お嫁さん、私は童話作家。

もしかすると一人、立派な魔法使いを夢見ていた子がいたような気もするけれど

——いや、そんな子は、いなかった。

不都合な真実Z

締め切り間際の修羅場の最中、後輩のHがやってきた。

以前、怪しげな写真を持ってきた大学の後輩である。百貨店勤めの三十代独身男性で、顔は『ドラゴンボール』というマンガに出てくるピッコロというキャラクターにそっくりだが、本人はいたってマジメな堅物人間だ。詳しくは『不都合な真実』を参照していただきたい。

「先輩、僕、大変なものを見ちゃいました……カッパです」

「いきなり来て、何をバカなことを言ってるんだい」

それこそ時計と睨《にら》めっこしながら頭から火花を散らせていた僕は、少々邪険に答えた。

普通なら人と会っている余裕はないのに、つい家に上げてしまったのは失敗だったと思った。別に彼が提げていた土産物の包みにつられたのではなく、彼が何とも切迫した顔つきをしていたので、何か重大な事件でも起こったのか……と思ったからだが、言うに事欠いてカッパとは。

「本当なんですよ。この間、岩手県に出張したんですが、仕事の後に少し時間ができましたんで、ちょっと遠野《とおの》まで足を伸ばしたんです。その時、ほら、例のカッパ淵で」

おまけに、カッパ淵かよ……と思わないでもなかった。

ご存知の方も多いだろうが、岩手県の遠野は柳田國男の『遠野物語』で有名な土地で、民話の里として知られている土地である。特にカッパ淵と呼ばれる川には今もカッパがいると言われ、それがちょっとした観光資源にもなっているほどだ。

「確かに、あそこにはいるって言われてるけどね……でも実際に見た人は、ほとんどいないんじゃなかったっけ」

「先輩も行ったことがあるんですか？」

「うん、前に二回ほど」

学生の頃に初めて行った時には、実際に見たというお年寄りが淵の近くにいて、いろいろ教えてくれたものだが――その方も、すでに亡くなられて久しいと聞く。その方でさえ見たのは幼い子供の頃で、それもほんの一瞬の出来事だったらしいが。

「僕は、けっこうじっくり見ましたよ。川の中から、こんな風に上半身を出してましてね」

彼はソファーに腰掛けたまま、上半身をじって奇妙なポーズをとって見せた。どことなく1910年代に撮影された、最初のフランケンシュタイン映画のスチール写真に似ている。

「残念ながら背中の甲羅までは見えませんでしたけど、本当に頭のてっぺんが平たくなってて、口が尖ってました」

「距離は、どのくらいあったんだい？」

「そうですねぇ……五、六メートルくらいは離れてましたかね。でもウワサどおり、赤い体をしていましたよ」

遠野のカッパは、体が赤いと言われている。

「誰か一緒に見た人は？」

「それが、いないんですよ……カッパ淵まではタクシーで行ったんですけど、じっくり見たかったんで、いったん帰ってもらったものですから」

正直なところ、僕は半信半疑……というか、一信九疑くらいの心持ちであった。長年近くに住んでいる地元の人でさえ見られないものが、ちょっと行っただけの観光客に見られるものだろうか。ちなみにカッパ淵は山深いところにある秘境というわけではなく、当たり前に人家に近い土地にある。

「じゃあ、写真を撮ったとか？」

Hがゴージャスな写真を撮ったことは、以前にも書いたとおりである。

「それが……さすがに目の前にいると、ビックリする方が先に立ちましてね。しばらく頭の中が真っ白になっちゃったんですよ。少ししてからカバンの中にデジカメが入っていたのを思い出したんですけど、それを取り出すために動いたら、逃げられちゃうと思いまして」

「確かにそうだろうね」

おそらく向こうも人間を見て驚いているだろうから（まぁ、Hの話がホントだとして）、むやみに体を動かすのは良くないはずだ。

「じゃあ、証拠は何もないわけか」

僕が言うとHは傍らに置いていた大きくて平たいバッグを取り、中から一冊のスケッチブックを引き出した。

「だから、せめてスケッチしてきたんです……ちょっと見てもらえますか」

「スケッチ？」

正直、動画全盛の現代では、スケッチというのは弱いと思った。やはり、どうしても説得力に乏しい。

「君って、絵の経験とかあるのかい？」

「まぁ、少しばかりは」

そういって彼が示したスケッチを見て驚いた——まるでプロが描いたような、見事な一枚絵だったからだ。

「おいおい、これって君が描いたの？」

スケッチと彼の顔を見比べながら言うと、彼は頭を掻きながら、照れくさそうに笑った。

「実は高校生の頃は、真剣にイラストレーターを目指していたもんですから」

「なるほど……まさか、こんな才能があるとはなぁ」

そのスケッチは、本当に見事なものだった。僕も見覚えのあるカッパ淵の曲がった感じと深さが正確に再現されていて、水の透明感、日の当たり方などがリアルだった。その分、中心に描かれた異形の生物が、少しばかり浮いて見えるくらいだ。

「これで見ると、カッパって大きくないみたいだね。だいたい小学一年生の子供くらいの大きさなのかな」

「そのとおりですよ、先輩」

僕が言うと、Hはうれしそうに何度もうなずいた。そのスケッチで自分の意図が伝わっているのに満足を感じたのだろう。

「そこでひとつ、先輩に相談なんですけどね」

「もしかして、どこかの出版社に紹介してくれっていうのかい？」

「そうなんですよ。別に有名になりたいとか、お金が欲しいわけじゃないんです。この大発見を、世間に……」

「残念だけど、それは無理だね」

僕はスケッチブックを彼に戻しながら答えた。

「えっ、どうしてですか？」

そんなこと、少し考えればわかりそうなものだが――ハッキリ言って、上手過ぎるのだ。

「上手いってことは情報量が多いってことですから……その方がいいんじゃないですか？」

僕が言うと、Hは口を尖らせた。

「わかってないなぁ。絵が上手過ぎると、信じてもらえなくなるんだよ」

宇宙人やUMAを目撃したという人が描くスケッチは、たいてい下手なことが多い。場合によっては幼児の絵よりヒドイものもあるが、その絵の下手さ加減が、逆に彼（あるいは彼女）が真面目で信用できる人物ということを裏付けている部分があるのだ。

「先輩、それじゃあ絵のうまい人間は、真面目じゃないってことですか」

「そんなことは言ってないけどね……ほら、絵をやる人は、不思議好きな人が多いだろ？　もしかしたら妄想じゃないかって思われちゃうんだなぁ」

「ひどいなぁ、それってサベツですよ」

確かにそうだとは思うが――どんなジャンルにしろ、芸術家というのは、人生の半分は夢を見て過ごしていると思われても、仕方のない部分を持っている。

「だからさ……わざとでいいから、もう少し素人っぽく描いてごらんよ」

僕がペンを渡すと、彼はスケッチブックを開いて手を動かし始めたが、やはり、どうしても才能は隠せなかった。ちょっとした線にも、達者な感じが出てしまうのだ。

「ちょっと貸してごらん……こんな感じで描けばいいんだよ」

スケッチブックを奪うと、僕は彼のスケッチを見ながら、カッパの絵を描いてみせた。

「うわっ、先輩、ヘタですね」

僕の絵を見て彼は眉をひそめたが、それは余計なお世話というものだ。

「UMAのスケッチってのは、このくらいの方がいいんだって」

「あ、わざとヘタに描いたんですね」

いや、百二十パーセント、本気で描きましたけど。

「何なら、いっそ、このスケッチを君が描いたことにすればいいんじゃないか？リアルだと思うんだけど」

Hは僕の描いたスケッチをじっと眺め、やがてニッコリ笑って言った。

「すみません……僕にもプライドがありますから」

まぁ、芸術家なら、そう答えると思ったが。

「お仕事中、お邪魔しました」

やがて彼は、スケッチブックを抱えて帰っていった。僕はその背中を見送りながら、つかのま複雑な心境を味わったが――煙草を一本吸って、すぐに仕事に戻った。

パイプのけむり

その男の顔を、どうしても思い出すことができない。

どんな髪型をしていたのか、メガネをかけていたのか、ヒゲをはやしていたのか——すべてが曖昧《あいまい》で、どうにも判然としないのだ。まだ若かったような気もするし、すでに老人だったような気もする。

ただ言えるのは、彼の態度は紳士的で、十分に善人に見えたに違いないということだ。なぜなら、その頃の私は小学校の五年生だったが、他人に対して、ほとんど心を開かない少年であったからである。その私が親しく言葉を交わすぐらいなのだから、彼の態度が怪しげであったはずがない。どこかしら取っ付きやすいムードが、必ずやあったのではないかと思う。

どんな風に声をかけられたのかも覚えていないが、もしかすると先に話しかけたのは私かもしれない。何せ彼は年代物の古ぼけた皮トランクを横に置き、黄昏《たそがれ》の公園のベンチでパイプをふかしていた。テレビや映画では見たことがあったものの、実際にパイプを吸う人間など私はそれまで見たことがなかったから、物珍しさも手伝って、こちらから話しかけた可能性もある。彼が着ていた背広の柄が、薄い灰色地に茶色の太いストライプ模様で、どことなく芸人風に見えた……というのも、気安くなれた理由のひとつかもしれない。

「世の中というのは、不幸だらけさ」

その記憶は、男のそんな言葉から始まっている。それなりの会話を経て、そこにたどり着いているはずだが、やはり道筋は覚えていない。

「この世界の誰もが、たいていは幸せになりたいと思って生きているはずだ。けれど実際、この世は不幸で、悲しくなることばかりがある……はっきり言えば、完全に幸せな人なんて、この世にはいないんだよ」

男はベンチに腰掛けたまま、褐色のパイプをふかしながら言った。私は彼の隣に座って、その不思議と甘い匂いを嗅ぎながら、その言葉を聞いていた。本当にどういう流れで、私は見知らぬ男と、そんな話をしていたのだろう。

「だから自分ばかりが悲しい思いをしているなんて、その歳から思わない方がいい……そんな思いは、君の世界を狭くするばっかりさ」

きっと男は、私を慰めてくれていたのだろうと思う。ということは、私は男に自分の生い立ちを話して聞かせていたに違いない。

必要に迫られない限り、他人に話さないことではあるが――私は幼い頃に、自動車事故で両親を亡くしていた。車で知り合いの結婚式に出かけた帰りに、酔っ払い運転の車に追突されたのだ。父も母も即死だったそうだが、幼かった私は祖母の家に預けられていたので、一家全滅を避けることができた。

だが、それ以来、私は孤児になった。

初めは祖母の元で育てられたが、やがて祖母が体調を崩したので、父の弟である叔父の家に引き取られることになった。叔父夫妻は善良で優しく、自分の子供と私を分け隔てなく育ててくれたが、当の私が分け隔てをしていた。やはり、どんなに優しい叔父叔母でも――しょせんは自分の親ではないのである。

「寂しいかい？」

鮮やかなオレンジ色に染まる空を見上げながら、男は言った。その空には一面に鰯雲《いわしぐも》が浮かんでいたから、この記憶は秋のものだったとわかる。

「別に寂しくはないよ……みんな優しくしてくれるしさ」

その言葉は嘘ではない。叔父も叔母も従兄弟も私に気を使ってくれたし、優しい人たちに囲まれて、私は十分に幸せだった。けれど、やはり心のどこかにぽっかりと穴が開いていて――そこに時折、冷たい風が吹き抜けるのだ。そして、その風の冷たさが、私の扉を閉ざさせるのである。

「お父さんやお母さんに、会いたいかね」

やがて男は、愚かしいことを私に尋ねた。すぐに答えのわかる質問を、どうして、わざわざするのだろう。

「そりゃ、会いたいけど……死んじゃった人に、会えるわけないよ」

「確かにそうだ。死んでしまった人には、普通は会えない」

男はパイプを深々と吸い込み、青紫の煙を吐き出しながら言った。

「でもね、ちょっと特別な方法を使えば、会えるのさ」

そういいながら男は周囲を見回し、近くに私たち以外の人間の姿がないのを十分に確かめた上で、体の横においてあったトランクを、自分の腿《もも》の上に載せた。

「この中に、何が入っているんだと思う？」

「さぁ……本とか？」

その古びた革トランクを見ながら、私はあてずっぽうに答えた。人の持ち物など、何の情報もなしにわかるはずがない。

「実は、街が入っているんだよ」

男は私の顔を見ながら、そう言って笑った。

もちろん、私はその言葉を冗談だと思った。こちらが子供だと思って、からかっているのだろう。

「まぁ、口で言っただけじゃあ、ピンと来ないだろうね」

私が白けた顔になっているのに気づいたのか、男はそう言いながらトランクの蓋《ふた》を開き——中を見た私は、思わず小さな声をあげた。

トランクの中に入っていたのは、本当に街だった。

いや、もちろん実際の街ではない。トランクの底を地面にして、模型の街ができていたのである。建物の大きさから考えて、大体２００分の１くらいの大きさだろうか。

「うわぁ、よくできてるなぁ」

その精密な建物群に、私は思わず目を見張った。駅の近くの商店街に小さな模型屋があって、その店の中に主人が作った畳一畳分くらいの鉄道模型のレイアウトがあったが、それ以上に精巧な出来栄えだった。

真ん中に四車線の広い通りがあり、その道を囲むように、いくつもの建物が立っていた。マンションのようなビルは少なく、枝分かれした細い道沿いに、小さな家が無数に並んでいる。どことなく、あまり裕福でなさそうな街だ。

「この看板に、見覚えがないかい」

笑いを含んだ声で男が指差したのは、大きな道の近くに立っている、小さなカレーの看板だった。長髪の男性アイドルがスプーンを片手に、ニッコリと笑っている。実物は大きいのだろうが、その模型の街の中では、小指の先ほどしかない。

(これって、確か……)

そのアイドルは長い間、同じブランドのカレーの宣伝に出演していたが、その看板は、ごく初期のものであるはずだ。その笑顔と構図が、なぜか心に引っかかっている。

そう、その看板は、私がずっと幼い頃、母と一緒に買い物に行く時に、いつも見上げていたものだ。そのたびに幼い私がコマーシャルの口真似をして、母が美しく笑っていたのを思い出す。

（もしかして、この街は……）

その時、男が私の顔にパイプの煙を吹きかけた。その煙さに目を閉じ、少し咳き込んでから目を開けると――私はいつの間にか、広い道路のほとりに立っていた。すぐ横には、あのカレーの看板が、ずっと大きくなって設置されていた。

（いったい、どうしたんだ？）

突然自分の身に起こった不思議に、私は動揺した。さっきまで黄昏の公園にいたはずなのに、いつのまにか見知らぬ街角に立っているなんて。

いや、見知らぬ街ではない。そこは間違いなく、私が幼い日に、両親と共に住んでいた街だ。この街で私は、四歳まで過ごしたのだ。

こんなバカなことが起こるなんて――私が驚いていると、不意に近くで聞き覚えのある女性の声がした。振り向くと、そこには小さな子供を抱いた男の人と、三十歳くらいのメガネをかけた女性が立っていて、楽しそうに看板を見上げている。

「ほら、タカアキ、いつものやつ、パパにも聞かせてあげて」

「ヒデキ、カンゲキーッ」

小さな男の子が元気よく叫ぶと、その子を抱いていた男性が、高らかに笑った。

「タカアキは元気がいいなぁ。男の子は、元気がいいのが一番だ」

その二人が、自分の両親であるという自信はなかった。けれど私の名前がタカアキであるのも本当だ。

その光景を見たのは、ほんの数秒のことだったと思う。

再びパイプの煙の匂いがして——気づけば、私は一人で公園のベンチに座っていた。あの模型の街の入ったトランクも、その持ち主である男の姿もなくなっていた。

(今のは……夢？)

私はそう思ったが、独特のパイプ煙草の香りが、あたりには満ちていたから、きっと、あの不思議な男は本当にいたのだろう。

あれから何十年と時が過ぎ、私の中では夢も過去も、同じような景色になってしまっている。だから、この記憶が本当だったかどうかも、今となっては、どちらでも構わないのだ。

だから、あの男の顔が思い出せないことが、少し悲しくもある。

傷だらけのジン

あの街を思い出すと、必ず一緒に、ジンの可愛くないツラを思い出す。

もう三十年くらい前になるか……その頃、俺は東京の下町にある、おんぼろアパートに住んでいた。ちょっと大きな地震が来たら潰れちまいそうな、古い木造アパートだよ。俺が入った時でも、もう築二十五年くらいは経ってたんじゃねぇかな。外壁なんかヒビだらけだったし、鉄製の階段は、あちこち錆《さ》びて穴が開いてたっけ。窓枠も木でできてて、強い雨が降ると部屋に水が染み込んでくるような建物だよ。

そのアパートに入ったのは、二十二歳の秋頃だったかな。

勤めていた金型工場で同僚とケンカしたんだけど、なぜか一方的に俺が悪いってことになってな。そのままクビを切られて寮にもいられなくなって、慌てて探したんだよ。その頃の俺は本当に金がなかったから、そのアパートに入るのもギリギリだったんだけどな。

あの街には、本当にたくさん猫がいたなぁ。

昼間に歩いたりしてると、人間より猫にたくさん会うぐらいでさ。細い路地の真ん中を悠々と歩いていたり、ブロック塀の上に丸くなって居眠りしていたり——今はいろいろうるさくなって野良猫が減ってるみたいだけど、あの街は野良猫の天国みたいだった。夜なんか空き地に何十匹も集まってるのを、よく風呂の帰りに見かけたもんだよ。

ジンは、その野良猫の中の一匹だ。

元は白いのかもしれないけど、何せ野良猫だから、いつも薄汚れててなぁ。ぼんやりとした灰色にしか見えねぇんだ。あの街はどこも埃《ほこり》っぽかったから、そこを走り回ってる猫どもが薄汚くなるのも仕方ねぇ話だな。ヤツらは自分のふわふわした毛で、あちこち拭き掃除して回ってんだから。

ジンは……可愛くねぇ猫だったよ。

卑しい顔つきって言うのかね、猫のくせに目が小さくて、眦《まなじり》が下がってるんだ。おまけにいつも上目遣いの三白眼なものだから、いかにも他人の隙を伺ってるみたいな感じで――気安く頭だの喉元だのを撫でてやろうって気にならないツラをしてたな。

実際あいつは、これっぽっちも人間を信じてないみたいだった。いくら舌を鳴らして呼んでみても、「その手に乗るかよ」って顔して、遠くからこっちを睨んでるばっかりなんだ。それまで、よっぽどひどい目にあったのかもしれねぇけど、本当に可愛くねぇったら、ありゃしねぇ。

おまけにあいつは、仲間の猫たちからも嫌われてるみたいでな。どういうわけか、ケンカしてるところをよく見かけたよ。しょっちゅう神社の境内《けいだい》だの町工場の裏だので、まるで悪魔みたいな声を張り上げて、別の猫とぶつかり合ってるんだ。正真正銘のガチファイトで、ああいうところを見ると、やっぱり猫も野獣の仲間だなって思えたよ。

でも、あいつは体が小さいから、あまり強くなかったみてぇだな。

その証拠に見るたびに、たいていどっかしらケガしてやがるんだ。耳の裏だの目の上だの――ひどい時は、左の腿がザックリ抉れてたこともあったな。血をダラダラ流してるもんだから、その時はさすがにやばいかも……って思ったけど、何週間か後にケロリとした顔で歩いてやがった。まぁ、弱いくせに、根性だけはあるんじゃねぇの。

ジンって名前は、そこからつけたんだ。早い話、『傷だらけの人生』の〝ジン〟だよ。安直なのは認めるけど、なかなかカッコいいだろうが。もっとも、あいつはそんなこと、知ったこっちゃなかったろうけどね。

それにしても、あいつはまったく、どうしようもねぇヤツだよ。

ケンカが弱いなら、それなりに上手に生きてく方法を覚えりゃいいのに……やっぱり猫は脳ミソが小せぇから、ダメなんだろうな。性懲りもなくケンカして、体に傷ばっかり増やしてやがる。ちょっとばかり人間や強い仲間に媚《こ》びれば、もっと楽に生きられるだろうによ。まぁ、さっきも言ったみたいに、あいつは可愛い顔じゃなかったからな。そんな風にしか、生きられなかったのかも知れねぇな。

うん？　俺に似てるってか？

確かにな――自分でも、そういう風に感じてたところもあるよ。だから名前をつけたりもしたんだろう。もっとも呼んだところで、ヤツは絶対に返事なんかしなかったけどな。

実は、そのジンが一度だけ、俺の部屋に来たことがあるんだよ。

あれは八月のクソ暑い日だったなぁ……昼間っから家にいたぐらいだから、日曜日だったんじゃねぇかな。

まぁ、古い話だから、前後のことは細かく覚えてねぇ。とにかく俺はパンツ一丁で、自分の部屋の真ん中に転がってグッタリしてたんだ。もちろん貧乏アパートにクーラーなんかねぇから、扇風機一台だけが頼りでよ。窓も玄関も開け放してたけど、風なんか少しも入ってこねぇ、地獄のような日だったよ。

あんまり暑いんで、こうなったら寝ちまうに限る……と思って、俺は何本か缶ビールをかっくらって、うつらうつらしていたんだ。なかなか寝つけなかったんだけど、どうやら瞼が重くなってきた頃――いきなり開けっ放しにしていた玄関から、何かがすごい勢いで飛び込んで来たんだ。

いや、驚いたってもんじゃねぇ……何せ仰向けになってる俺の腹の上を、そいつは駆け上って行ったんだからよ。たぶんみっともねぇ声の一つもあげたと思うけど、俺は慌てて飛び起きたんだ。

飛び込んできたそいつは、でっかいネズミ花火みたいに部屋中を走り回って、カラーボックスの上の目覚まし時計を弾き飛ばしたり、壁にかけたカレンダーを落っことしたりしやがった。いったい何なんだと見たら、どうやら白い——いや、薄汚れた灰色の猫だ。俺には、すぐにジンだとわかったよ。

すぐ近くの窓も開いていたけど、やっぱり二階から飛ぶ度胸はねぇのか、ジンは小さなテレビ台の後ろに逃げ込むと、そのままそこに嵌まり込んで、じっと動かなくなった。何でまた飛びこんで来たんだろうと思ってると、玄関先で何人か子供の気配がした。押し殺した声で、ここに入ったぞ……とか何とか言っていやがる。俺がズカズカと足を踏み鳴らして近づくと、わっと逃げて行って、途中で一人、階段を踏み外して転ぶ音がした。ざまぁみろ。

「クソガキどもめ……ほら、あいつらは、もういなくなったぞ」

ジンは口を利《き》けねぇけど、聞くまでもなく事情はわかる。夏休みで退屈を持て余したガキどもが、路地を歩いていたジンにちょっかいを出しでもしたんだろう。猫ってのも、苦労が多いもんだ。

けれどジンは、なかなかテレビ台の後ろから出てこなかった。上から見ると、よほど怖い目にあったのか、ガタガタ震えていやがる。

（ガキども……いったい何をしやがったんだ）

無理やり引っ張り出そうかとも思ったけど、さすがに逆効果と思えたから、俺はそのまま放っておくことにした。勝手に飛び込んできたんだ、そのうち勝手に出て行くだろうよ。

それでも二十分近く経っても、ジンは出てこなかった。もしかすると俺がいるからかも知れねぇが、そこは俺の部屋なんだから、わざわざ席を外してやるってのも変な話だ。俺は部屋の真ん中に大の字になったまま、ジンの存在を忘れてやることにした。

（まったく、警戒心の強いヤツだな）

そんなことを考えながら、俺は少しだけ眠った。何だか急に瞼が重くなって、坂道を転がり落ちるみたいに眠っちまったんだ。

目を覚ましたのは、強い雨の音が聞こえたからだ。まるで滝のような音が遠くに聞こえて、体を起こしてみると、窓の外には激しい夕立が降っていた。名前の通りに夕方で、空はほんのりとピンク色になっているのに、強い雨が降ってるんだ。心なしか、その雨そのものも、ほんのりとしたピンク色に見えたよ。

　俺が驚いたのは——ジンが窓辺にちょこんと座って、その雨を見ていたからだ。気のせいかも知れねぇけど、薄暗くなった部屋の中で、その白い体がボンヤリと光ってるように見えたぜ。

「……ジン」

　本人の知らねぇ名前で呼ぶと、窓辺に座ったジンは振り向きもせず、ただ尻尾を立ててピクピクと動かして見せた。何でもない動きだけど、それが猫の挨拶《あいさつ》だってことは知ってた。あいつは曲がりなりにも、俺の言葉に答えたんだ。

　それから、ほんの数分だけ、俺とジンは不思議な時間を持った——窓辺に二人で座って、ピンク色の夕立を眺めていたんだ。何でかはうまく言えねぇけど、あの時、俺は妙に幸せな気持ちだったよ。言葉は通じねぇけど、ジンと分かり合ったような気がしてな。

　しばらくしてジンは、開け放した玄関から静かに出て行った。出て行く間際にも、立てた尻尾を二度三度動かして、挨拶していったんだ……本当だぜ。

（どうやら、俺を認めてくれたのかな）

そう思いながら俺は、立ち上がって部屋の電灯をつけた。それで、喉から心臓が飛び出るくらいに驚いたんだ。

ジンが隠れていたテレビ台の下から、赤茶けた血のようなものが流れ出ていたんだよ。慌てて上から覗いたら——ジンの体は、まだそこにあった。よほど苦しかったのか、苦悶《くもん》の表情を浮かべたまま、こと切れていたんだ。

クソガキども……きっと寄ってたかって、ジンを痛めつけたに違いねぇ。きっと柔らかい腹を、何度も蹴り飛ばしやがったんだろう。加減を知らねぇバカどもが——。

あれから三十年も経つのに、あの日のことは、どうしても忘れられねぇ。もし俺が、もっと早く気づいてやれていたら、あいつを死なせずにすんだかもしれないと思うと——どうにも、いたたまれねぇ気持ちになるんだ。

もうオヤジの俺だけど——この間もあいつの夢を見て、夢の中で泣いたよ。

大銀河三秒戦争

（……いよいよだな）

衛星の壁に取り付けられたデジタル時計を見て、俺は思った。

ヤツが来るまで、あと三百六十秒たらず——準備はすでにできている。俺は小さな窓の内側シャッターをスライドさせて、外を見た。

そこに広がっているのは、銀河の大海原だ。

どこまでも果てしのない宇宙空間と、きらめく無数の星々、そしてスイカくらいの大きさに見える、我らが地球。香苗ちゃんは元気にやってるかな。

（勝負は一瞬だ）

俺は耳の先っぽに力を入れ、ピクピクと動かしてみた。さらにがんばって力むと、だらりと垂れている耳はピョコンと起き上がり、パタパタとウチワみたいに動かすことができる。ニシジマの話によると、体の中身がスポンジ百パーセントの俺にどうしてそういうことができるのか、まったくもって奇々怪々だそうだが、できるものはできるんだから仕方ない。それ以上のことは、神サマってのに聞いてくれ。もっとも、かなりしんどいので、何度もやりたくはないが。

言い忘れたが、俺はラビラビ——全長約五十センチ強のウサギのヌイグルミだ。どうしてだかは自分でもわからないが、歩いたりしゃべったりできる。最初は香苗ちゃんって女の子のところに世話になっていたんだが、いろいろ思うところあって、今は月周回軌道を回る人工衛星に極秘裏に乗り込んでいる（詳しいことは、『ラビラビ』と『ラビラビ、宇宙へ』を見てくれよ。まぁ、説明なんかないけどな）。言わば非公式ながら、この衛星の責任者ってところだ。

宇宙に出てから、俺は至ってノンキに暮らしていた。

ニシジマが気を利かせてコッソリ乗っけてくれたゲーム機で遊んだり、でっかいハードディスクに収められた膨大な数の映画やテレビドラマを楽しんだり、引きこもり志向のヤツなら代わってくれって言いだしそうな暮らしぶりさ。機体が地球に近づいた時は衛星放送のニュースを見たりもできるし、人間と違ってスポンジ百パーセントの体が太るってこともないから、本当にノンキなもんだ。もっとも、この衛星に不慮の事態でも起こらない限り仕事はないんで、そんなふうに過ごすしかないんだけどな。

けれど――ヤツが現れてから、そんなノンキな生活に、少しばかり波風が立った。もう完全に引退したつもりだったのに、ヌイグルミのサガとも言うべきものに火をつけられちまったんだ。

ヤツが現れたのは、俺が宇宙に来てから二年ほどしてのことだ。

その日、俺は衛星につけられた小さな窓から、ぼんやりと地球を眺めていた。

漆黒の宇宙空間に浮かぶ地球の姿は、今も限られた人間しか見ていないが、本当に素晴らしいもんだぜ。太陽の光に照らされてるからだってことは百も承知だが、まるで星そのものが光を放っているように、ぼんやりと眩しいんだよ。

その光は妙にあったかくって……あれは地球に生きている命が放っている光だと言われたら、少しばかりヘソ曲がりの俺でさえ、きっとそうだろうと素直に信じられるくらいだ。本当に、宝石なんかよりもきれいなんだ――それこそ、世界中の人間たちに見せてやりたいくらいによ。

あんな光に包まれた星のどこかで、今も戦争が起こっていたり、物が食べられずに死んでいく子供たちがいるのかと思うと、さすがの俺でも悲しくなる。本当に神サマってのがいるんなら（少なくとも、今まで宇宙では見たことがないがね）、あの星に生きている生き物たちを、すべて幸せにしてやってほしい……と祈りたい気持ちになっちまう。そう思わせるほど、あの光は特別なんだ。

そんな風なことを考えていた時だ。

俺の衛星に近づいてくる、一つの影があった。一瞬、大型のスペースデブリかと思って肝を冷やしたが、レーダーモニターで確認してみると、すぐに一定の軌道を描いて周回している衛星だと気づいた。きっと俺の後に打ち上げられた、どこかの国の人工衛星だろう。

窓から目視してみると、そいつは初め、星のように見えたよ。けれど近づいてくるにつれて形がはっきりとわかった。俺の機体より少しばかり大きいようだが、色や見かけはよく似ていたよ。まぁ、人工衛星なんて、どこの国が作っても同じようなものになるんだが――驚いたのは、ギリギリの距離ですれ違った際に丸い窓が見えて、その向こうに小さな人影が立っているのを確認した時だ。

俺と同類だと、すぐにわかったよ。昔から無人の人工衛星には、俺たちみたいな特別な才能を持ったヌイグルミが乗り込んでるって話を、俺も知っていたしな。世界は広いから、あちこちの国に俺みたいなのがいたって、何の不思議もない。

すれ違いはまさに一瞬だったが、向こうの衛星にいるヤツの姿ははっきりと見えた。

何となくヨーロッパ風の、けっこうリアルな顔つきをしたピエロ人形さ。二股に分かれたヘンテコな帽子をかぶって、首まわりには青いヒラヒラ、着ている服はダブダブな上に、右側は赤の水玉模様、左側は白のストライプ模様だ。あいつが話したり歩いていているところを人間が見たら、トラウマ級にホラーな光景だったろうな。

すれ違った瞬間、向こうも俺を見て、驚いているのがわかった。しかし通信機があるわけでもないし（あっても使うわけにはいかないわな）、ゼスチャーでコミュニケーションを取るヒマもない。何せ宇宙ではゆっくり見えても、実際はすごいスピードで飛んでいるんだ。「あっ」と思った時には、すでに遠く離れてるってわけだ。お互いの姿が確認できたのは、だいたい三秒ほどの間じゃないかな。

俺の同類がいたんだな——ヤツの乗った衛星が遠ざかって行くのを見ながら、俺は少しだけ嬉しくなった。まぁ、何て言うのかね……納得ずくで自分から来た宇宙だけど、やっぱり、少しくらいは寂しいと思う時もあってよ。香苗ちゃんと遊んでた頃のことや、宇宙開発局で世話してくれたニシジマとの日々を思い返して、シンミリするような時だってあったんだよ。だから、この広い宇宙に自分と同類がいて、俺と同じような毎日を過ごしているのかと思うと、ちょっとばかり嬉しくなったって無理ないだろ?

ところが、ヤツは上手だったぜ。

その後に計算して、ヤツの機体と俺の機体が二十八日に一度の周期ですれ違うってことがわかったんだが——二度目にすれ違った時、あの野郎、窓の向こうでヘンテコな鼻メガネをかけて、頭を三百六十度、グルグル回していやがった。

しまった、と思ったね。

人間にはわかんねぇだろうが、俺たちヌイグルミには、あげる愛情はあっても、もらう愛情はないんだよ。どうしてって聞かれても、それは俺にもわからない。とにかくヌイグルミってのは、そういうもんなんだよ。俺たちを可愛がることで、誰かの寂しさを埋めることができるんなら、それでいいんだ。

だから年代物だとか貴重品だとか言われて、ガラスケースにしまわれちまうことなんて、俺たちは誰も望んでいない。壊れるまで遊んでもらえたら、それが幸せなんだ。できれば壊れても、ちょいと繕《つくろ》って、また遊んでくれれば何よりだ。

しかし俺は――ずっと、そう考えてきたはずなのに、宇宙に出て少しばかりボケちまったのかもしれない。正直、ヤツの鼻メガネを見た瞬間、打ちのめされたね。あのピエロ野郎……俺を喜ばせようとしていやがる。チクショウ、俺よりプロに徹しやがって。

それから二十八日に一度、俺はヤツと勝負している。

人工衛星同士がすれ違う一瞬、俺もヤツも、持てる力をすべて出し切って、相手の心を癒そうとしているのだ。何だかバカみたいな光景だろうが、いわばヌイグルミの意地をかけた戦争よ。

正直言うと構造上、俺の分が悪い。ヤツには、自分の首を外して無重力状態の中でブン回すって荒技があるからな。残念ながらカワイイ系の俺には、そういうダイナミックな技はない。せいぜい耳をパタつかせたり、体を丸めて「マリモ」になるくらいよ。でも両耳の端っこを頭の上で軽く縛って「手提げバッグ」をやった時は、ヤツが大笑いするのを見たけどな。

きっとヤツも俺との勝負がない時は、窓から地球の光を眺めて、いろいろ考えているんだろうと思う。いや、何もヤツばかりじゃなくて――きっと、この宇宙には俺の同類がたくさんいて、同じようなことを考えているはずだ。その人工衛星は、きっと地上からは星のようにしか見えないに違いないけどな。

人間が星に願いをかける……ってのは、よく聞く話だけど、その星の中のいくつかが地球に願いをかけているなんて、人間は夢にも思わないだろう。誰でもない、今、この瞬間に生きているあんたに幸せになってほしいと願っているなんて――本当に思いもよるまいよ。

さて、いよいよ時計は、すれ違い三十秒前を示している。窓の向こうにはヤツの人工衛星の影がくっきりと浮かび、勝負の時は刻一刻と近づいてきた。

正直なところ、今日のネタには自信がない。チクショウ、同類相手は、人間を癒すより難しいぜ。しかし、ここは一歩たりとも引くわけにはいかないんだ。

今日のネタは、両耳をパタパタさせて飛びながら、クルクルと横に回って見せるだけなんだが――その俺を見て、ヤツは癒えてくれるだろうか。
カワイイと思ってくれるだろうか。
一瞬たりとも、孤独を忘れてくれるだろうか。
いざ、勝負！

子供部屋の海

子供の頃の、ちょっとした不思議の話です。

今でこそ元気そのものの私ですが、幼い時は体が弱く、何かにつけて寝込んでいるような子供でした。特に気温の変化に弱く、春から夏に向かう頃や、秋が深まって冬になる時分には決まって微熱を出して、何日かは布団の中で過ごすことが多かったのです。

「ススムはいいよなぁ……便利な病気でよ」

三つ年上の兄は親や祖母のいないところで、ときどき私にそんな意地悪を言いました。

確かに病気と言っても、ただ微熱が出るというだけで、どこか痛くなったりするわけでもなく（気分が悪くなって、吐いてしまうようなことはありましたが）、見る限りは病気らしくないのですから、兄がそう言いたくなる気持ちもわかります。私が布団に横になっている間、お使いなどの家の手伝いはすべて兄がやらされるわけですし、父が会社帰りに、私にだけ本を買ってきてくれたりするのですから。

けれど私には、毎日元気いっぱいに跳ねまわっている兄の方が、よほどうらやましく思えました。確かに少しは得な思いもしましたけれど、来る日も来る日も布団の中にいなければならない……というのは、やはり子供には苦行なのです。

たとえば今なら、家に何台もテレビがあることは珍しくはないでしょう。けれど三十年以上昔の昭和の頃には、そんな家は滅多になかったと思います。もちろん私の家も一階の居間に一台あるきりでしたが、微熱を出している間は二階の子供部屋に閉じ籠《こも》っていないといけないので、テレビを見に行けませんでした。毎週見ているマンガだけは許してもらえましたが、それが終わると、さっさと部屋に戻らされるのです。元気な時のように、家族と一緒にいつまでも見るというのは、許されませんでした。後ですごく面白い番組をやっていた……と兄に聞かされて、悔しい思いをするばかりだったのです。

そう、病気の時は子供部屋だけが、私の世界でした。

出ることは原則的に禁じられ、それこそカゴの中の鳥――出ていいのはトイレと食事の時だけで、それ以外はおとなしく寝ていなければなりません。学校を休んでいる以上、そうするのが当たり前だと、家族のみんなは考えていたのです。

けれど兄が〝便利な病気〟と冷やかすように、微熱の時でも私は、たいてい元気でした。体温計の水銀が赤い線を何分か超えてしまっているだけで、何もする気が起きなくなるほどグッタリしてしまうことなど、滅多になかったのです。

そんな時、私はおもに本やマンガを読んで過ごしましたが、昼間、母が家事に追われている時などは、こっそりと布団を抜け出て一人遊びをしました。兄も学校に行っている時間でしたので、六畳の子供部屋は使い放題です。

その頃、よくやったのは「漂流ごっこ」です。

もともとは幼稚園に行っていた頃、雨の日などに兄とやっていた遊びですが、子供部屋の畳を海、布団一枚をそこに浮かぶイカダに見立て、部屋の隅にある文机は島、ザブトンや雑誌は岩……という具合に空想して遊ぶのです。

兄とやっていた時は「大きなサメが襲って来る！」とか「海が大荒れだ！」とか、いろんな状況を思いつくままに作って、コント風のごっこ遊びをしていました。文机の島に行くためにはザブトンか雑誌の岩を渡って行かねばならず、うっかり畳の海に落ちてしまったら、イカダから跳びナワのロープで助けてもらわなくてはなりません。その途中でサメ（祖母に買ってもらった大きなクマのヌイグルミが、その役を演じることが多かったと思います）に襲われたら、銀玉鉄砲やオモチャのナイフで攻撃したり、格闘して倒さなくてはならないのです。

私はその遊びが大のお気に入りでしたが――私が小学校に入学したくらいの頃から、兄はそのごっこ遊びに付き合ってくれなくなりました。兄自身も大きくなっていましたから、ちょっと幼稚に感じられたのでしょう。かわりに雨の日には、トランプや人生ゲームをして過ごすことが多くなりました。年齢を考えれば、そんなものです。

けれど私は病気で学校を休んだ日、一人でこっそりと「漂流ごっこ」を続けていました。

兄とやっていた頃ほど大掛かりではありませんでしたが、その分、凝ったものになっていたと思います。たとえば布団のイカダは、足元に扇風機を立てることでモーターボートに進化していましたし、壊れたトランジスタラジオの無線機も搭載されていました。

何よりすごいのは、本物の方位磁石があったことです。

その方位磁石は兄が雑誌の懸賞で当てたもので、直径五センチほどの金属製、横に出っ張っているスイッチを押せば、バネ仕掛けでフタが開く本格的なものでした。もちろん当時の兄の一番の宝物で、普通なら絶対に触らせてもらえないはずでしたが——兄が文机の引き出しの奥深くにそれをしまっているのを、私はとうに知っていました。ですから兄が学校に行っている間にちょっと拝借して、私のモーターボートのリアルな部品にしていたのです。なに、兄が帰ってくる前に元の場所に戻しておけば、どうってことはありません。

私は畳の海で、魚釣りをして楽しみました。適当な棒の先にタコ糸で磁石を結びつけた竿《さお》で、あらかじめバラまいておいた紙の魚を釣るのです。魚は私の手製ですが、口のところに金属クリップが付けてあり、それを糸の先の磁石にくっ付けるのです。単純な遊びですが、竿を振って狙ったところに磁石の針を落とすのが難しく、なかなか面白い遊びでした。

「あぁ、ここは釣れないな。今度はどっちに行けばいいんだろう」

ときどき私は、そんな風にボヤいては方位磁石のフタを開け、ちらりと針を見て、今度は西だ東だと釣り場を変えました。と言っても、布団の場所をちょっと変えるだけなのですが——そんなことをしているだけで、三十分や一時間は、すぐに過ぎてしまうのでした。

ところが、十月のある日のことです。

前日の夜から私は熱を出し、その日も学校を休んだのですが、今から思えば、いつもより少し熱が高かったような気もしています。そうでもなければ、あんな幻を見るはずなんてないのですから。

その時も私は子供部屋で、母の目を盗んで「漂流ごっこ」をしていました。少し体がだるく感じましたが、兄がいない時でなければできない遊びでしたので、半分は無理にやっていたところもありました。

「今日は、さっぱり釣れないなぁ」

しばらく遊んでいるうち、やはり体が辛くなってきて、私はその日の漂流を早々に切り上げることにしました。ひと眠りして調子が戻ったら、また続きをやればいいや……と考えたことは覚えています。

(こいつを、ちゃんと戻しておかなくっちゃ)

そう思いながら方位磁石を手にして立ちあがった時です。何だかまわりの景色が、ぐにゃりと歪んだような気がしました。その瞬間、私の手から方位磁石が、するりと滑り落ちたのです。

その時、私は信じられないものを見ました。

畳の上に落ちた方位磁石が――そのまま、とぷん、という小さな音を立てて、消えてしまったのです。それこそ本当に、海の中に落としてしまったみたいに。

「そんな……バカな」

思わず私は、磁石が落ちた場所を撫でました。が、それはやはり畳以外の何ものでもなく、私の指先が沈み込んでしまうようなこともありませんでした。

(どうしよう)

その時の私の頭に浮かんだのは、その不思議を怪しむ気持ちよりも、兄の宝物の方位磁石を失くしてしまった……という事実の恐ろしさでした。懸賞で当たった時の兄の浮かれぶり、実際に雑誌社から送られてきた時の嬉しそうな顔を見ていただけに、取り返しのつかないことをしてしまったと思ったのです。

「兄ちゃんの方位磁石！」

私は慌てて部屋の中を探しました。それこそ枕を投げ、布団をひっくり返し、ザブトンのカバーを外し――目につくところを、すべて探しました。

けれど、やはり方位磁石はありませんでした。さっき見た光景が本当なら、あれは子供部屋の畳の海に沈んでしまったのです。

（どうしよう……）

そう思いながら、私は布団の上に倒れました。同時に頭がガンガンと痛み、激しい寒気が襲ってきて――どういうわけか、そのまま私は失神してしまったのです。

次に気がついた時には、見知らぬ病室のベッドに寝かされていました。まわりには父も母も祖母も兄もいて、同じような不安げな表情を浮かべて、私を見降ろしていました。聞けば私は突然に四十度以上もの高熱を出して、救急車で近くの病院に運ばれたのだそうです。

「兄ちゃん……僕、兄ちゃんの方位磁石、海に落としちゃったよ」

何より先に私が言うと、兄は私の手をしっかり摑んで言いました。

「ススム……そんなことはいいから、早く元気になれよ。また一緒に遊ぼうぜ」

その時の兄の顔は、涙と鼻水でグシャグシャになっていました。目を開けたばかりの私には、どうして兄がそんな有り様になっているのか、少しもわかりませんでした。

「本当なんだよ。畳の海に落っこっちゃったんだ。一生懸命探したんだけど、見つからなくって……ごめんね、兄ちゃん」

「あんなもの、おまえにあげるよ。お使いだって、全部俺が行ってやるから……だから、早く元気になれって」

今から思えば兄は、私が熱に浮かされて、変なことを口走っているとでも思ったのでしょう。そう言いながら私の手を、ぎゅうぎゅうと痛いくらいに握りました。

その後、私はどうにか持ちこたえ、数日後には退院することができました。あと少し熱が下がるのが遅かったら、本当に危ないところだった……と聞かされたのは、確か中学生の頃です。

「そんなことも、あったっけか」

先日、母の法事で久しぶりに顔を合わせ、この時の話をすると、兄はどこか照れくさそうに笑っていました。さすがにこの年になると、子供の頃の話は恥ずかしいものです。

ついでながら私が海に落とした方位磁石は、すぐに見つかりました。

子供部屋の真下にあった祖母の部屋——そこの箪笥《たんす》の上に、ぽつんと落ちていたのです。

K氏の財布

K氏は私より七つ年上で、ある大手総合商社で責任ある地位にいる人である。気さくで楽しい人であるが、かつては甲子園をめざした高校球児であり、社会人になってからも会社のチームで白球を追い続けたというだけあって、今なお体力的な衰えや中年太りなどとは縁の薄い生活を送っておられる。精神的にも健全で、高いレベルで心身のバランスが取れた、尊敬できる人物だ。

二年ほど前に人を介して知り合い、すっかり意気投合して以来、だいたい季節の変わり目ごとに私たちは酒席を共にしているのであるが——先日お会いした折、二軒目のバーのカウンターで興味深い話をお聞きした。

「こんな話は、あなただからこそ、できるんですが」

ごく微量のブラックペパーを落としたハイボールに口をつけて、K氏は話を切り出した。

「自分でも夢だったような気もするんですけど……それにしては、生々しいんです。摑み上げた時、あいつが逃げようとして激しく身を捩《よ》じった感覚まで、ちゃんと手に残っているんですからね」

自分の掌を見ながら呟いた後、その感触の気味悪さを思い出したのか、彼は何度も強く開いたり閉じたりを繰り返した。

「ちょうど五年前になりますよ」

それからK氏が語った話を短くまとめると次のようなものになるが――多少の支障があるので、具体的な地名は一切伏せる。どの地方を明らかにするのもやめておいた方がいい……というK氏のアドバイスもあったが、せめて東京より西の地方とだけは言っておこう。

その土地を仮にFとするが、そこにK氏が赴いたのは、今から五年前の初冬のことであるという。

K氏は多趣味な人で、その中の一つに〝秘湯めぐり〟があった。もっとも彼の言葉を借りれば、ネットや雑誌で紹介されたところをなぞっているだけの浅いものならしいが、心身のリフレッシュには究極至高の娯楽であるという。基本的には単独行で、一切の社会的なしがらみから抜け出て、鄙《ひな》びた温泉宿で頭を空っぽにして過ごすのがたまらないらしい。

Fに行くことになったのも、秘湯めぐりの延長である。もともとは雑誌で紹介された某温泉に出向いたらしいのだが、そこは思いがけず開発が進んでいて、彼が良しとする秘湯の雰囲気が大きく損なわれていた。不満に感じていた彼が、たまたま同宿の若い男性から教えられたのがFという土地だったのである。

その宿から車で二時間近くかかる山の奥にあり、宿屋も小さなものが一軒あるきりだが、温泉の質はかなり良く、自慢の山菜料理も悪くないという。電話一本で予約できるので、行ってみたらどうか……と勧められ、某温泉に失望していたK氏は、すぐさま連泊の予定をキャンセルして、Fに向かうことにした。やはり限られた休暇を、不本意なまま過ごすのは惜しいという気が強かったのだろう。

K氏は地図を頼りにFに向かい、予定より早い時間に宿に着くことができた。曲がりくねってはいたものの道は一本で、山道の経験が多少でもあれば、それほど難しい道でもなかったそうだ。

教えられた以上にFは鄙びていて、まさに秘湯のイメージにぴったりの土地であった。細い川沿いにぽつんと一軒の古い宿屋があり、周囲の紅葉は湯気とも霞とも知れない白い風にかすんで見え、その光景に接した瞬間にK氏は　感激の声を上げてしまったという。

玄関をくぐると恰幅のいい中年の女性が出てきて、きわめて愛想よくK氏を接待してくれた。すぐさま十畳程度の部屋に通されたが、古びていたものの掃除は行き届いていて、窓からの眺めも悪くなかった。彼女はお茶を入れてくれながら、食事は何時、内風呂は何時まで……と、よくある注意をした。確かに秘湯のイメージ通りではあるが、接客がこなれているところを見ると、やはり知る人ぞ知る温泉で、客も少なくはないのだろうとK氏は思った。それでも前日を過ごした某温泉より、よほどくつろげる。

「あと……お札《ふだ》売りには気をつけてくださいねぇ」

K氏が心づけを渡すと、中年の女性は、いかにも言いにくそうに付け足した。その言葉の意味を尋ねると、女性はなぜか周囲を見回し、声を顰《しか》めて答えた。

「ここの湯には、近くの人も入りに来るんですけど……ときどき、お客さん相手に商売しようとする人もいましてねぇ。あんまり、いいことないんで、声をかけられても相手にしないでください」

お札云々はわからないが、おそらくお色気関係の話だろうとK氏は察した。温泉街には昔からつきものだが、こんな山の中でも、そんな商売をする人がいるのか……と、感心さえした。むろんK氏はそういったものに食指を伸ばすような人ではなく、むしろ金銭で女性を意のままにする行為を軽蔑する人である。

部屋で一服した後、K氏はまず旅館内の温泉を満喫した。ほんのり白濁したぬめの湯で、それまで入った湯の中では、まさしく一、二を争うものであった。ほどよく温まったら部屋に戻り、持ってきた本をくつろぎながら読んで、日が暮れ始めた頃、次は露天に入りに行った。

件のお札売りというのに出くわしたのは、その道すがらのことである。

露天風呂は川の近くにあり、宿からそこに至る道は竹塀や小さな森で区切られていて、ただの通行人に行きあうことなどないはずなのだが――石段を降りていると、下から一人の女性が上がってきた。同宿の客かと思ったK氏は当り前に頭を下げ、そのまま、ろくに顔も見ずにすれ違おうとしたが、突然に向こうが声をかけてきたのである。

その際に初めて女性の顔を見たのだが、K氏は背筋が寒くなるのを感じた。例の能面の一種、若い女性の顔とされている〝小面《こおもて》〟――あの顔に、そっくりそのままだったからだ。ある意味、整った顔立ちとも言えるのかもしれないが、あまりに似すぎているというのなら、怖く感じるのも無理はない。

女性はニコリともせず、まったくもって事務的な口調で商売を持ちかけてきた。もちろんK氏は即答で断ったが、ならば……と彼女は手にしていた布袋から、奇妙な紙を一枚取り出して言った。

「このお札を買っていただけませんか。財布の中に入れておくと、金運が上がるんです」

（なるほど、ついでにお札も売っているから、お札売りか）

何が何でも現金収入が欲しいんだな――苦笑しながらK氏は、女性の手の中にあるお札を見た。いったいどこの神社のものなのか、見慣れない文字（というより、絵のように見えたという）が並べられ、中央に大きくヤモリともサンショウウオともつかない生き物の絵が描かれている。

その時K氏は、あまり愛想がないのも悪いな……と思った。二度会うことなどないのに、彼はそういう人である。値段を聞くと、女性は最初に千円といい、すぐに五百円と言い直した。K氏は持っていた財布から千円札を抜き取ると、お釣りはいいと言った。どこのものとも知れないお札に使う額ではないかもしれないが、何となく彼女を哀れに思う気持ちもあったのだろう。お札は一万円札とほぼ同じ大きさで、愛用の財布にピタリと収まった。

（金運が上がるんなら、自分の財布の中にも入れておけばいいんだよ）

そう思ったきり、K氏はそのお札のことを忘れてしまったそうだが——奇怪な出来事が起こったのは、その夜のことである。

たっぷり温泉を満喫した後、K氏はいつもより多めの晩酌を楽しみ、かなり早い時間に床に就いた。翌朝の夜明け頃を狙って、再び露天風呂に入る心づもりだったからだ。

正確な時間はわからないが——K氏は不意に、奇妙な音に起こされた。彼が表現した通りに記せば、『硬く絞った濡れ雑巾を、一メートルくらいの高さのところから、畳の上に落としたような音』だったそうだ。

（ネズミか？）

Ｋ氏の頭の中に真っ先に浮かんだのは、その一事である。と言うのも、彼は立派な成人男性であるが、昔からネズミが大の苦手だったからだ。おそらく子供の頃にトラウマになるようなことでもあったのだろうが、あの姿を見るだけで、頭の中が真っ白になってしまうのだという。

Ｋ氏は布団から身を起こし、豆電球の光で橙色に染まっている部屋の中を見回した。そこで壁の近くをゆっくりと移動している、奇妙な生き物を見たのである。

いや、生き物と言っていいのか――それは彼自身の財布であった。茶色の牛皮製で、左に小さくブランドのロゴマークの入ったものだ。現金よりもカードの類で膨れ上がり、折り返しの部分がかなり傷んだので、そろそろ取り変えるようにと妻に言われていた財布である。それがどういうわけか、橙色の闇の中をゆっくりと扉の方に向かって動いている。

すぐさま電灯をつけたかったが、スイッチは入り口近くの壁にあり、そこに行くためには、その奇妙な動きをする財布をまたがなければならなかった。その勇気をすぐに絞ることができず、K氏は慎重に近づいて、どうして自分の財布が生き物のように動いているのか、その理由を見定めようとした。

よく見ると財布の下に、カエルのような脚が動いているのが見えた。先端に吸盤のような球状のふくらみがあり、それが豆電球の光でぬらぬらと光っているのがわかる。さらには灰色らしい尾が、やはり財布の下から伸びていた。

もしかすると大きなヤモリがいて、そいつが背中に財布を乗せて歩いているのだろうか――その状況ではそう考えるのが、もっとも納得がいった。だからK氏は、思い切って財布に手を伸ばしてみたのだ。

財布をどかすと、そこには何もいなかった。ヤモリなど影も形もない。

（消えた？）

そう思った瞬間、手に持った財布が、まるで生き物のように激しく身を捩じった。ハッとして目をやると――財布の裏側からヤモリの足が四本、さらに長い尻尾が生えていて、それがジタバタと暴れていたのだ。

「それで、どうなすったんです？」

「どうしたもこうしたも……思わず大きな声で叫んで、壁に向かって、そいつを投げつけてしまいました」

　私の問いかけに、Ｋ氏は恥ずかしそうに答えた。

「それから急いで電気をつけたんですけど……明るいところで見たら、いつもの財布と変わりませんでしたよ。だから、寝ぼけたのかとも思ったんですけどね」

「違うんですか？」

「私の声を聞きつけて、宿の人が来てくれましてね……もちろん、すぐには財布が生きてたなんて言えなかったんですけど、向こうの方から聞かれたんですよ。お札売りから、何か買ったでしょうって」

　Ｋ氏がすべてを話すと、宿の人は財布からお札を出すように言い、厨房から持ってきた塩を振りかけながら、部屋の灰皿の中で燃やしてしまったのだという。

「つまり、そのお札には財布を生き物にする力があって……そのまま、小面のような顔の女の元に行くようになっていたんでしょうかね」

　私が尋ねると、Ｋ氏はグラスに口をつけてから首を傾げた。

「さぁ、それは私には、わかりかねますが……たぶん、そうだったんでしょうね」

　だとするとＫ氏が聞いた『硬く絞った濡れ雑巾を、畳の上に落としたような音』

というのは、ヤモリの脚を生やした財布が上着の内ポケットを抜け出て、畳の上に飛び降りた音だったのだろう。

「何を笑ってらっしゃるんです？」

思わずニヤリとしてしまった私に、K氏は尋ねた。何でもありません……と口を濁したものの、その実、私はささやかな喜びを感じていたのだ。

彼がこの出来事に遭遇したのは、つい五年前――日本もまだまだ、捨てたものではないと思えて。

冬の帰り道

杉本《すぎもと》某が残業を終えて自宅最寄の駅に帰ってきたのは、すでに日付が変わった後だった。

駅前に並んでいる店にはシャッターが降り、バスもとうに終わっている。タクシー乗り場に何人もの人間が数珠繋ぎになっていたが、杉本はその列には並ばなかった。自宅までの二十分ばかりの距離を歩いて帰ろうと思ったのだ。

むろん以前なら、考えなしにタクシーに乗っていたところだろう。けれど二年前に課長に昇進してから残業手当がつかなくなり、実質的な収入は減っていた。そのうえ長男が中学受験のための塾に通い始めたから、今まで以上の節約が必要だ。千円程度のタクシー代でさえ、気安く使う気にはならない。

「寒くないし……月もきれいだからな」

線路沿いの道を歩き始めた杉本は、自分に言い聞かせるように呟いた。

確かに一月の夜だというのに冷え込みは薄く、ほとんど風もなかった。空には二分ほど欠けた月が煌々と輝いていて、夜の散歩だと思えば、確かに悪くないかもしれない。

古びた革靴をコツコツ鳴らして、杉本は家路を急いだ。駅から離れるほど人気のない道が続き、街灯の数も減っていったが、足元に張り付いている自分の影を見ていると、不思議と気がまぎれた。思えば、自分の影をじっくり見るのも久しぶりだった。

（学生の頃は、よくこんな風に歩いたもんだったな）

歩きながら杉本は、ちらりと昔を思い返した。

すでに十五年以上昔の話だが、あの頃はとにかく貧乏で、どこに行くのも歩いたものだ。繁華街で酒を飲んで有り金をはたいてしまい、真夜中に何駅も歩いてアパートに帰ったことが何度もある。時にはむしろ面白がって、わざと夜中に散歩したりもしてみたものだ。

ただ、あの頃は——たいてい自分の影の隣に、由美《ゆみ》の影が寄り添っていたことを思い起こす。自分より頭一つ低い、小さな小さな影だ。今は、誰の影の隣を歩いているのだろう。

そんなことを考えながら、道の半ばほどを歩いた時だ。

ふいに自分の足音に、別の小さな足音が絡み付いてくることに杉本は気づいた。誰かが、自分のすぐ後ろを歩いているのだ。

初めは自分と同じように、駅から家へと向かっている女性の足音だろうと思った。その足音は高く、ハイヒールのような靴底の硬さを連想させたからだ。だから不審がられないよう、歩きながらチラリと振り向いたのだが――自分の後ろ二メートルほどのところを歩いている小さな人影を見た時、杉本は危うく声をあげてしまうところだった。どう見ても八歳くらいの少年が、ニコニコと笑いながら自分を見ていたからである。

（なんだ、この子）

しかも少年は、どういうわけか白っぽい着物に足元がすぼまった赤い袴《はかま》、さらに白い足袋《たび》に白木のものらしい下駄を履いていた。色こそ違うものの、相撲の呼出の装束を、そのまま小さくしたようなスタイルだ。髪は眉上でそろえた坊ちゃん刈りで、耳まわりは剃られたように滑らかだった。

当り前には、まず見ない服装である。おまけに時間を考えれば、こんな子供が一人で歩いている可能性は低い。

もしも杉本が幽霊の類を盲信するタイプの人間だったら、すぐに少年が普通の存在でないと考えて慌てふためいたに違いないが、幸いにして彼は冷静なリアリストであった。何せ今時の親の中には、とても自分の考えの及ばない人間がたくさんいる。子供に奇抜な格好をさせて喜ぶ親は珍しくもないし、平気で深夜のコンビニに買い物に行かせる親だって、いないとも限らない——そう考える方が先で、怪しげな存在であるという発想が出てこなかった。

「キミ、こんな時間にどうしたの？　一人？」

ほとんど反射的に声をかけると、少年は黒目がちの切れ長の目をキュッと細めて笑った。

「杉本さん、僕の姿を見ても驚かないんですね。あなたみたいな人ばかりだと、本当にやりやすいのになぁ」

どこか呑気な口調で少年は答えたが、むろん、なぜ彼が自分の名を知っているのかの方が気にかかる。杉本が尋ねると、少年は人差し指の腹で鼻の下を擦りながら答えた。

「とにかく歩きながら話しましょう。と言うのも僕は、あなた以外の人の目には見えないもんですから……こんな夜更けとはいえ、一人でしゃべっているところを見られたら、ちょっと都合が悪いんじゃないですか」

「いったい、何を言ってるんだい」

杉本は周囲を見回してから言った。これはきっとタチの悪い悪戯《いたずら》で、どこかにこの少年の親なり保護者なりがいるはずだと思えたのだ。

「すみません、僕も忙しいものですから……杉本さんのお考えはわかりますけど、いちいち細かい説明をしている時間もないんです」

そう言うと少年は右手を顔の横にまで持ち上げると、招き猫のように手首を曲げてみせた。軽く握ったこぶしで空中の見えない糸を手繰るように二度ほどクイックイッと動かすと、突然に杉本の足は勝手に前に動き始めた。

「こ、これはどうなってるんだ」

自分の体が思い通りにならなくなって杉本は叫んだが、まるでリモコンで音量調節されたように、その声さえも急にすぼまっていく。腕や頭も、ごく普通に歩いている姿勢以外には動かせなくなっていた。

「実は今日は、お返ししたいものがあって参りました。いえ、本当のことを言うと、ずっと前からお伺いしたかったのですが、あなたとの道がなかなか開かなかったものので、どうすることもできなかったんです」

「俺との道って、どういうことだ？」

自分の意思を持たないロボットになったような気持ちのまま、杉本は尋ねた。

「さっき、久しぶりに由美さんのことを思い出したでしょう？　あなたとウチの社の道は、お二人でいらした時に繋がったものですからね。あなたが由美さんのことを思い出さない限り、そこを通ってはこられないんです」

「何を言っているのか、さっぱりわからないな……それより勝手に足が動いているのは、本当におまえがやっているのか？」

「おまえだなんて……こう見えても僕は神さまのお使いなんですから、もう少し敬っていただかないと困りますよ」

少年はニコニコと笑ったまま言った。

「神さまだって？」

「N県のU稲荷ですよ。十四年と七ヶ月前に、由美さんといらしたでしょう」

そう言われても、すぐには思い出せなかった。が、どうにか思い出さないと体の自由を戻してもらえなさそうな気がして、杉本は懸命に記憶を掘り起こした。

「もしかして、あの鍵をつける神社？」

「そうです、そうです」

杉本の言葉に、少年はうれしそうに手を叩いた。

N県のU稲荷——確かに昔、由美と一緒に行ったことがある。杉本が学生の頃、免許を取って半年ほどして、ドライブがてらに出かけていったのだ。

そこは風光明媚なこともあって地元でも有名なデートスポットなのだが、何より縁結びの神社として知られていた。そこに二人で詣《もう》でれば必ずや結ばれると言われていて、その象徴として、社殿の裏にあるフェンスの金網に鍵をつける……という慣わしがあったのだ。同じようなものが江の島にあるけれど、おそらくは誰かがそれを真似て、いつのまにか定着してしまったに違いない。

「あれには、本当に困っているんですよ」

少年は、ませた口調で言った。

「あんな慣わしは、うちの社にはなかったのに……いったい誰が始めたんだか。おかげで鍵の重みでフェンスが倒れそうになっていて、危ないったらないんです」

U稲荷は高台にあり、社殿の裏は海に面した断崖になっている。フェンスは転落防止のためだが、その前からは海に沈む夕陽がよく見えてロマンチックだった。つい江の島の真似をしたくなる気持ちも、わからないでもない。

「そこで……みなさんには申し訳ないんですけど、あの鍵を少し処分させていただこうかと思いましてね。けれど仮にも願の掛けられたものですから、アダやおろそかに扱うわけにも参りません。そこで鍵をつけられた方たちを一人ずつ回って、願を取り下げられるかどうか、聞いて回っているんですよ」

「願の取り下げ？」

ふと由美の顔が脳裏に浮かぶ。いったいどこで買ってきたのか、あの日の由美はかなり大きな南京錠を持って来ていて、そこに自分と杉本の名前をマジックで並べて書き、フェンスにがっちりとつけていた――「これで私たちは、結ばれるよ」と子供のような顔で笑いながら。

あの頃は確かに、由美と結ばれることが杉本の願いであった。けれど残念ながら、今は違う女性と結婚し、家庭を持っている。由美とは、大学を卒業して四ヶ月後に別れたのだ。

「なるほど……そりゃあ、大変な仕事だ。きっと願を取り下げたがってる人間は、たくさんいるだろうからな」

杉本は歩かされながらも、鼻で笑った。若い時の恋愛というのは、本当に熱病のようなものだ。あまりに一途で、あまりに熱烈で——けれど悲しくなるほど、うつろいやすくもある。

「じゃあ、これはお返ししていいですね？」

懐を何やらゴソゴソしていたかと思うと、少年は色褪《いろあ》せた南京錠を取りだした。どうやら十五年近い昔に二人でフェンスにつけたものらしいが、まるで使い古した十円玉のような色になっていて、同じものかどうかはわからない。

「俺に返されても……どうせなら、由美に返せばいいじゃないか」

思わず杉本は抗議した。そんな鬱陶しいものを引き取るのは、願い下げだ。フェンスに鍵をつけようと言ったのは由美なんだから、彼女の元に返すのが筋だろうに。

けれど少年はニコニコ笑いながら杉本の言葉を無視し、見当違いなことを言った。

「まったく……みなさん、気軽に神さまに縁結びをお願いするものですよ。けれど実のところ、それが神さまとの約束だということを、すっかり忘れてらっしゃる。結ばれることを神さまにお願いしたくせに、その結びつきを自分で解くのはルール違反でしょう」

由美と別れたのは、杉本が別の女性に心を移したからである。同期入社の美人だったが――杉本は由美の存在を隠して、その女性に近づいた。むろん由美より美しく、上等だと思えたからだ。そして彼女と付き合うことが決まってから、由美に別れを切り出した。ズルイかもしれないが、世の中は、そんなものじゃないかと思う。ちなみに、その女性は今の妻でもない。

「ここに入れますよ」

少年はロボットのように歩いている杉本の前に回ると、上着の胸ポケットにそれを滑り込ませた。かなりの重みが胸に響く。

「ちょっと待ってくれ。俺はそんなもの、いらないよ」

杉本は慌てて胸ポケットに指先を入れようとしたが、まだ体の自由は利かなかった。

「そんなもの、いらないんだ」

「ふざけなさんな！」

突然、少年が鋭い口調で言った。その瞬間、笑顔だった少年の顔が、一瞬のうちに白く輝く狐面になり――杉本はハッとして息を飲む。

「神との約束を破った者に罰があるのは、当然であろう。時代だの世の趨勢《すうせい》で、猫の目のように真《まこと》が変わると思うは浅はかぞ」

その言葉と同時に、少年の体が映像のように薄くなり、周囲の闇に溶けはじめた。まるでSF映画に出てくる立体映像のようだ。

「罰の一つとして、教えておいてやろう。おまえが捨てた女は、その後に……」

姿が闇に溶け切る前に、少年の声が、さらりと由美のその後を語った。できることなら、一生知りたくなかった結末だった――由美は自分と別れてから二年後に精神を病んで、自宅近くのマンションから身を投げたのだという。

「ちょっと待ってくれ」

同時に体の自由が戻って来て、杉本は思わず少年のいたあたりに手を伸ばした。

けれど指先には何も触れず、いたずらに宙を掻くばかりだ。

「俺のせいなのか？　別れて二年もたってるんだから、俺は関係ないだろう！　誰か、別のヤツのせいだ！」

その言葉に答えるものは、すでになかった。

「バカらしい……俺には何の関係もないさ」

悪びれた口調で胸ポケットに手を入れたが、さっき少年が滑り込ませた鍵はなかった。まるで煙のように消えうせていたのだが——不思議とズシリとした胸元の重みだけが残っていた。

秘恋

もしかすると、冷たいヤツと思われてしまうかもしれないけど――ジイちゃんが死んだ時、俺はあまり悲しいと思わなかった。どっちかって言うと、せいせいした気持ちの方が強かったかな。三年近く寝たきりだったし、バアちゃんたちは介護でクタクタになっていたから、やっと肩の荷が降ろせて、よかったって感じたくらいだ。

きっとジイちゃんのことが好きだったら、もっと違った感じ方をしただろうと思う。でも正直なところ、俺はジイちゃんが、あまり好きじゃなかった。いや、包み隠さず言ってしまうと、超がつくほど嫌いだったんだ。

ジイちゃんって人は、一口でまとめちまえば偏屈よ。

とにかく人の話を素直に聞くってことがない。やたら口やかましくって、すぐに怒鳴り散らす。ひどい場合はケンカ腰で、相手が子供でも容赦がない――わかりやすくいうと古いマンガやドラマに出てきそうな、典型的な〝カミナリ親父〟ってヤツだ。顔つきも、不機嫌なのが地になってるような有様で、何となくトラに似てたな。

だから俺は、子供のころからジイちゃんの家に行くのが得意じゃなかった。バアちゃんは、うまいものを作ってくれたり、こっそり小遣いなんかくれるから大好きだったんだけど、そのためにはジイちゃんの顔も見なけりゃいけないのかと思うと、どうしても足が重くなるんだ。同じ都内、車で二十分ほどの距離なんだけどさ――口の利き方から箸の使い方、学校の成績、好きな遊び、読んでいる本までネタにされて小言を言われるんだから、そう思うのも無理ないだろう?

「おまえは、どうにも軽薄でいかん。どうせ学校でも、ろくに勉強もしないで女の尻ばっかり追いかけてるんだろう」

元気だったジイちゃんが最後に俺に言った言葉がこれなんだから、だいたいの想像がつくってものだ。まぁ、確かに当たらずとも遠からずってとこなんだが、さすがに顔を見るたびに言われていたら、ウンザリする。俺の足がジイちゃんの家から遠のいてしまうのも、やむを得ないってものだ。

もっともジイちゃんが脳溢血で倒れて寝たきりになってからは、俺はちょくちょくジイちゃんの家に行くようになった。朝から晩までがんばってるバアちゃんを少しでも休ませるために、昼の間だけオフクロがジイちゃんの面倒を見る時があったんだけど、その時には俺が車でオフクロの送り迎えをしていたんだ。大学生なんか家で一番ヒマなんだから、しょうがないよな。

例の写真を見つけたのは、いつだったかなあ。

細かい状況は忘れちまったけど、たぶん倒れてから、そんなに日が経ってなかったんじゃないかと思う。と言うのも、最初のうちはジイちゃんも小さく体を動かしたり、言葉にならない言葉で意思表示をすることができたんだ。それからまもなく、ほとんどいつも眠っているような状態になっちまったんだけど——とにかく、その頃の出来事に間違いない。

その時、俺はジイちゃんと二人きりだった。オフクロとバアちゃんが連れ立って買い物に行っている間、介護ベッドの横に座って、ジイちゃんの様子を見ているように言われたからだ。むろん見ているだけじゃなくって、時々は吸飲みで水を飲ませてあげたり、喉がゴロゴロ言ったら小さい掃除機みたいなヤツで痰を取ってやったりしなくちゃならない。

今だから言うけど——あの時は、やっぱり複雑な心境だったよ。

何せ子供の頃から世界で一番怖いと思っていたジイちゃんが、病気とはいえ体が動かせなくなり、話も満足にできなくなっているんだ。そんな姿を見ると、どうしても諸行無常だの盛者必衰なんて言葉が頭に浮かんで、ちょっとばかり寂しい気分になるのは仕方ない。あの凄まじい声で怒鳴られることも、もうないのか……と思うと、逆に懐かしくもなってくるもんだ。

さて、写真の話。

今から思えば、何でそんなところを開けようと思ったのか、自分でもよく覚えていない。たぶん退屈しのぎだったんだろうけど、その時、俺はジイちゃんのベッドの横に座ってた。ジイちゃんは目を覚ましていたけど、どことなく一人ぼっちにされたような顔で、じっと天井を見ているばかりだった。そんな顔を見ているのが辛くて、俺は何とはなしに、部屋の中のものを手に取ったり戻したりを繰り返していた。その流れで、ベッドの横に置いてある五段キャビネットの引き出しを開けたんだ。

当然、その中には介護に必要な細々したものが入っているわけだが――三段目あたりを開けようとした時、ベッドで横になっていたジイちゃんが、いきなり大きな唸り声をあげ始めたんだよ。いかにも、そこを開けるんじゃない……って言ってるみたいにさ。

「悪い悪い、ここは開けるなって言うんだね」

俺が引き出しを閉めると、ジイちゃんの目には安堵したような色が浮かんだ。その瞬間、俺の好奇心が刺激されたのは言うまでもない。あの慌てぶりは普通じゃない。何か、よっぽどのものが隠してあるに違いない……と思ったね。

それから二十分も経たないうちに、ジイちゃんはウトウトと眠りの世界に落ちっていった。その痩せた胸が上下するタイミングを観察して、完全に寝ていると判断してから、俺はさっきの引き出しを静かに開けた。

一見して、特に秘密のありそうなものはなかったよ。介護に使いそうな小物類が一段目と二段目に入っていて、三段目から下は、健康に関する新聞の切抜きだの、毎日のジイちゃんの健康状態を書いているノートだのが入れてあるだけだ。別に珍しくも何ともない。

（別に、どうってことないものばっかりだな）

俺は引き出しの中身を取り出して、ゆっくりと吟味したが――ふとジイちゃんが元気だった頃、趣味で書いていた俳句のノートの間に、一枚の写真が挟まっているのに気づいたんだ。

（ははん、これだな）

ジイちゃんが俺に見られたくないと思っているのは、その写真に違いない。なぜなら、それは一人の女性の写真だったからだ。

いったい、いつ頃のものなのか――本から切り抜いたようなものではなく、紙焼きの白黒写真だけど、写っているのは着物を着て髪を結った女性だった。昔の女性の年齢を判断するのは難しいが、そう老けているようにも見えない。

（こりゃあ、かなりのものだぞ……ジイちゃんも、しょうがねぇなぁ）

その写真を眺めながら、俺は思った。

粒子が粗くて、顔の輪郭は一部背景に溶け込んでしまっているものの、顎のラインが美しく整っていることはわかる。何より二重瞼の目が何ともクールで、ゾクッとくるような美人だ。どことなく気が強そうにも見える。

その女性とジイちゃんの関係は、まったくわからない。ただ画面の古さを考えれば、おそらくは相当に昔の写真だと思えた。もしかすると、ジイちゃんの初恋の人とか……心の奥底に隠し続けている秘恋とか。

(でも……やっぱり、マズいんじゃねぇかな)

俺の知る限り、ジイちゃんは若い頃にバアちゃんと結婚して以来、特に浮ついた話もなかったそうだ。単に俺が知らされてないだけなのかもしれないが、堅苦しいジイちゃんの性格を考えると、十分にありえる話だと思う。何せジイちゃんは、軽薄な男が大嫌いなのだから。

そのジイちゃんが、こっそりと別の女性の写真を隠していた——俺は「ジイちゃん、やるな」とは思ったものの、どうしたものか、とも考えていた。この写真の存在を知ったら、バアちゃんは悲しむに違いない。ヘソを曲げて、ジイちゃんの介護を放棄してしまう可能性もある。

俺はその女性の写真を、自分の家に持ち帰ることにした。とりあえずバアちゃんの目に触れないようにしておくのが、いいような気がしたからだ。

それから数日後、ジイちゃんの病状は重くなり、まったく意思表示ができなくなってしまった。ほとんどの時間を眠って過ごすようになって、俺はジイちゃんの家に行くのが、ますます辛くなった。

そのジイちゃんが、ついに先日亡くなったんだけれど——納棺のどさくさにまぎれて俺は、その写真をそっと棺桶の中に入れてやることにした。やっぱり、そこは男同士、きっとジイちゃんも、そうして欲しいに違いないと思ったのだ、けれど——なるべく素早くやったつもりだったけど、言うに事欠いて俺のオヤジが目ざとく見つけて、わざわざバアちゃんの前で尋ねるんだ。

「何だ、その写真」

「いや、まぁ、何でもいいじゃんか」

俺は必死にごまかしたけれど、オヤジはとうとう写真を手にとって、じっくり眺め始めてしまった。やれやれ、まったく空気の読めないオヤジだぜ。

「それはジイちゃんの……秘恋の……」

俺が口ごもった時、バアちゃんがそれを見て、驚いたように言った。

「その写真、どうしたの？」

こうなっては仕方がないと、俺はジイちゃんのノートの間に挟まっていたことを告白した。その話を聞いて、バアちゃんはニッコリ笑って言ったのだ――「ふふふ、この人、口では要らないって言っていたくせに、ちゃんと買ってたのねぇ」

そして俺は、写真の女性が『唐人お吉』と呼ばれる幕末の有名人だと教えられたのだ。

何でも伊豆の下田に記念館があって、そこで芸能人のブロマイドのように、この写真が売られていたのだという。言われてみれば、写っている画面こそ古めかしいけど、写真の紙そのものは古くないことに、俺は初めて気がついた。やれやれ、我ながらマヌケな話だぜ。

ジイちゃんとバアちゃんは何年か前に下田に旅行したのだが、何でもジイちゃんは『唐人お吉』の生涯にいたく感銘したらしい。けれど「じゃあ、記念に写真を一枚買っていけば」というバアちゃんの言葉には、強くかぶりを振ったのだそうだ。

(きっとミーハーだと思われるのが、イヤだったんだろうな)

それでも巧みにバアちゃんの目を盗んで『唐人お吉』の写真を買ったに違いないジイちゃんが、俺には可愛く思えてならなかった。しかも、それを誰にも見せず、そっとしまっておく奥ゆかしさが、何とも昔の男らしい。
その時だよ――もっとジイちゃんと話しておけばよかったと、俺が急に悲しくなったのは。

ある黄昏に

春はあけぼの……と清少納言は書いたけど、こんな夕暮れ時も悪くないね。今日は雲が厚くて夕焼けは見えないけれど、ほんのりと空全体がピンクで、南風も気持ちがいいよ。

歩いている人たちも、コートを家に置いてきたようだね。

この間までの重装備が嘘だったみたいに、みんな軽やかなスタイルになってる。あそこを歩いている女の子なんか、もう半袖だよ。さすがに気が早い気がするけど、おしゃれって言うのは、そういうものかもしれないね。あぁ、あの腕の細いこと。ちゃんとゴハン食べてるのかな。ちょっと痛ましいくらいに細いよ。

ここのコーヒー、独特の味がするね。

何だか渋味が強くて、長いこと口の中に残るよ。好き好きなんだろうけど、僕としては、もっと柔らかい味の方が好みだな。でも、この居心地のいい席代だと思えば、多少のことは許せるよ。こんな風に外のテーブルで街を見ながらコーヒーを飲むなんて、ちょっと贅沢な気分だ——清少納言も、この気分を味わっていたら、きっと春は黄昏って書いていたよ。

そう言えばキミ、手旗信号ってわかる？

まぁ、普通は……わからないよね。僕もわからない。でも、わかったらいいなって思う時はある。正直に言うと、それは今なんだけどさ。

この道路の向こうに、小さな公園があるよね？　もしかしたらキミの席からは、街路樹が邪魔して、よく見えないかも知れないけど——そのジャングルジムの上に乗って、一生懸命旗を振っている女の子、見えるかい？　そうそう、小さな旗を両手に持って、クリスマスパーティーでかぶるような赤いトンガリ帽子を頭に乗っけた女の子。白いシャツに青いスカートの女の子だよ。だいたい、小学校の二年生くらいかな。

いつからいたのか知らないけど、少なくとも僕が気づいた時には、もう、あんな風に手旗を振っていたよ。あんなに小さいのに、よく手旗信号なんか知ってるもんだって、感心してたんだ。いったい誰に、何を伝えようとしているんだろうね。もちろん、僕には関係ないとわかってはいるけれど——世の中のことなんて、みんな、そういうもんじゃないかい？

関係があるといえば、ある。ないと言ったら、ない。何でもそうさ。新聞に載ってることも、ネットで囁かれていることも、関係があるかないかは、全部自分しだいだ。関わるか関わらないかは、自分で決めればいい。

いけない、妙にお説教くさい言い方をしちゃったよ。

やっぱり歳なんだろうかね。近頃じゃあ、何かにつけて、こんな風にまとめるようなことを言っちゃうんだ。あんまりカッコいいことじゃないさ。第一、キミとは今日でお別れなんだから、あんまり野暮はしたくないし。

そう、寂しいけど、キミとは今日でお別れだ。

思えば、いろいろなことがあった——過ぎてしまえば、本当にあっという間さ。それなりに長い時間だったはずなのにね。

でも、この世界では、どんなものにも必ず終わりが来るものさ。

永遠の時間が約束された世界の話を僕は聞いたことがあるけれど、実際には見たことがないし、本当にあるのかどうか、ちょっと怪しいと思ってる。もしあるとしたら、すべてが石のように固まった世界じゃないだろうかね。

とにかく僕らの生きる世界では、始まったものは終わる運命を持っている。それが常識——悲しいとか、寂しいとかは別にしてね。

なに、お別れと言ったって、二度と会えなくなるわけじゃない。

僕はどこかでキミを見つけるだろうし、キミもどこかで僕を見かけたら、気楽に声をかけてくれればいい。その時は、また話そうじゃないか——死んだ女の体に流れ込んだ夜光虫だの、宇宙を飛ぶ奇妙なヌイグルミの話をね。

うん、みんな元気にしているよ。

モルフィーを死なせてしまった少年も、図鑑の中のブロントサウルスも、退魔師のお母さんがいたヘンテコな一家も、やたら奇妙なものに縁がある後輩Hも——むろん捕食する電柱もね。

彼らとの時間を、僕は嫌いじゃなかった。むしろ楽しんでいた……と言ってもいいかな。

そりゃあ、彼らが暴れだそうとするのを必死で抑えたり、逆に無口なヤツが口を開くのを根気強く待ったこともあったけれど、それが僕の役目なんだから仕方ない。何せ彼らがその気になってくれなくっちゃ、何も始まらないんだからね。でも今となっては、その甲斐もあったと思うよ。少なくとも、僕は楽しかったさ。

そんな彼らとも、ひとまずはお別れだ。

名残惜しいけど、反面、どこかでホッとしている部分もある。彼らの相手をするのは、ずいぶん体力を使うからね。少しノンビリさせてもらうことにするよ。

それにしても、あの子——あんなに熱心に、何を伝えようとしてるんだろう。

一生懸命に手旗を振って、どこか必死な感じさえしないか？　さっきまでは笑顔も浮かんでいたのに、今じゃ、やけに真剣な表情だ。

でも、まわりを見回しても、そのメッセージを受け取っているような人もいないようだし——もしかすると、ずっと遠いところから、誰かが見てるんだろうか？　そもそも手旗信号は、そういうものだからね。僕には関係ないけれど、何だか気になるな。

いったい、どこから誰が見ているんだろう。近くのビルの窓から？　あるいは、ずっと高いところから？　いや、もしかしたら、あの子は何かを伝えようとしているわけじゃないのかもしれない。ただ手旗を、デタラメに動かしているだけだったりして。

……そうだ、確かにきりがない。

どんなことでも気になりだしたら、際限がなくなるものだ。それは本当に、キミの言うとおり。どうも僕は、些細なことが気になるタチでいけないよ。あの女の子のことは、もう見ないでおこう。

そういえば、さっき雷が鳴ったね。

ピンクに染まった雲の裏側で、電車が走ってるみたいな音がしただろう？　今の時期でも、春雷って言っていいんだろうかね。

えっ、少しも気づかなかったって？　けっこう大きな音だったのに、キミも呑気だね。まぁ、そういうところは、嫌いじゃないよ。できれば、いつまでも、そういう人でいて欲しいものだ。

ああ、少し暗くなってきた——今日も一日が終わるんだね。もっとも、これからが楽しい時間だという人もいるだろうし、僕なんかもその一人であるのは確実だけど……やっぱり黄昏時は、少しばかり寂しい気持ちになるものさ。

キミは、そろそろお帰り。とにかく元気で――できれば笑顔を忘れずに、お互い毎日を楽しく生きていこうじゃないか。

僕は、このコーヒーを飲んでから行くよ。

それまで……そうだな、あの女の子の手旗信号でも眺めることにするさ。もしかしたら何かの拍子に、あの子の伝えたいことが僕にもわかるようになるかもしれないしね。

どうして、そんなことをするのかって？　何だか気取ってるように聞こえるかもしれないけど――それが僕の仕事だから、仕方ないさ。知らなかったかい？

じゃあ……きっとまた、どこかで会おう。

解説

小路幸也（作家）

『遊星小説』と名づけられた、朱川湊人さんのショートショート集だ。

ここには、恐竜や怪獣やカッパや幽霊やウルトラマンや仮面ライダーや妖怪や田舎や都会やロケットや宇宙などなどなど、昭和の生まれである僕らの琴線に触れるものたちが、本当に次々と登場する。

で、申し訳ないけど、ここからは昭和三十六年生まれで現在五十五歳のおっさんである僕の思い出を含めて、あれやこれやと年寄りの一人語りみたいなものがずっと続くのだけど我慢して読んでいただきたい。

著者の朱川湊人さんとは残念ながら今までご縁がなくて、お会いしたことも会話したことも一度もないんだけど、データによると昭和三十八年一月生まれで、現在五十三歳。早生まれなので学年は僕の一つ下になる。

つまり、もしも僕と朱川さんが中学か高校で一緒だったとしたなら、僕が二年生で朱川さんが一年生で「小路先輩！」「おぉ朱川」という会話が成り立っていたことになる（小説家としては、新人賞を受賞したのが同じ二〇〇二年なので、同期ということになりますね）。

育った場所こそ違えど、同じ時代に同じ空気を吸って、そしてきっと同じものを見て育ってきた同世代の仲間だ。

僕たちは〈テレビっ子〉と呼ばれた最初の世代だ。

物心ついたときにはもう一家に一台テレビがあって、しかも家族全員が集まる居間のベストポジションに、ドン！　と置かれていた。家庭によっては大切なものにそうするように高そうな布のカバーが掛けられていたりした。我が家などは居間に床の間があるという不思議な間取りだったので、その床の間の真ん中にテレビが置かれていた。

〈昭和の時代〉がブームになったときにあちこちで語られていたように、本当に家族揃って、テレビを観ていたんだ。チャンネル権争いは日常茶飯事で、冗談ではなく、誰が何を観るかは毎日のように家族の間で取り決めや話し合いがされていた。

その〈テレビ〉で僕たちは、クサイ言い方をするなら、夢を育んだ。

テレビから流れてくる番組にはありとあらゆる〈夢〉が詰まっていたんだ。子供が地球を守るアニメーションがあった。違う文化の国のドラマがあった。美しい外国人のヒロインに涙する映画があった。日本のどこかの家族のドラマがあり、事件を日夜追う刑事たちのドラマがあり、そして、美しい地球を守るために、人類の自由と平和を守るために、何の見返りも求めずにただひたすら悪や怪獣や宇宙人と戦うヒーローたちがいた。

僕たちはヒーローになりたかったし、外国の町を歩きたかったし、美しい金髪の少女たちに憧れて、光と闇の戦いに自分も参加したかった。

その頃、蛍光灯は普及し始めたばかりで、家の中の照明の多くがまだ裸電球の場合もあった。裸電球の灯は、ぼんやりとした光と同時に闇を生み出す。部屋や廊下や玄関やお風呂には必ず〈薄暗がり〉があったんだ。

その〈薄暗がり〉が、僕たちの、テレビに触発された想像力を育んでいったような気がしている。部屋や天井の片隅の暗がりには妖怪やお化けがいたかもしれないし、忍者やスパイや宇宙人が隠れていたかもしれない。

でも、光の下にいれば安心だった。光は、僕たちの武器でありバリアーでもあった。

そしてテレビだけじゃない。〈漫画ばかり読んでいると馬鹿になる〉と、最初に言われたのも僕たちの世代だ。

実際、いつでも漫画を読んでいた。少年マガジンにサンデー、ジャンプ、キング、冒険王、チャンピオンなどなどなど。僕は姉が二人もいたので、マーガレットに少女フレンド、なかよしにりぼんと、少女漫画もずっと読んでいた。

正義も友情も努力も、愛も恋も裏切りも、憎しみも悲しみも幸福も、戦争も歴史も笑いも涙も、何もかもが漫画の中からあふれ出していた。まだ時代は大らかで表現の規制などもほとんどなかった頃だ。身内びいきを抜きにしても、これほどに濃密なドラマが詰まった子供向けの媒体などは世界中探してもなかっただろうと思えるほどに。

きっと朱川さんも同意してくれると思うが、僕たちが子供から少年へと育っていく頃に、日本のテレビも漫画も映画も創成期から黄金時代を迎えていた。今現在のものの原形が全てその時代に創り上げられてきた。

なんて幸せな時代に多感な少年時代を過ごしてこられたんだろうと、感謝している。曲がりなりにも今小説家として生きていけるのは、その頃に接してきたテレビや漫画や映画があったからだとも思っている。

朱川さんは大阪生まれなので、北海道生まれの僕とは多少違うかもしれないけれども、もう少し、僕たちが子供の頃はどんな時代だったかを思い出してみる。

家の周りにはまだ土のままの道路があり、そこで僕たちはビー玉遊びをしていた。公園の他にも空き地がけっこうあって、そこで三角ベースと呼んでいた、一塁と二塁とホームベースだけの草野球をしていた。本当に毎日のようにしていたから、自転車のスポークにはいつも軟球を挟んであったぐらいだ。

夕餉《ゆうげ》の頃には、ほとんどどこの家からも美味しそうな匂いが漂ってきていた。母親が「ご飯よー」と呼びに来たこともあった。

思い出せば切りがないほどに出てくる〈昭和のノスタルジック〉な光景が、そこにあった。

そういうものが、僕と朱川さんの背骨にはあると確信している。文字通りのバックボーンだ。もっと言うなら、僕たちの身体に流れる血の中に染み込んでいるものだ。

それらを血と骨にした僕たちが青年になっていく頃に、時代は急激に様相を変えていく。

コンピュータが世の中に入り込んでいって、若者である僕たちの世代は〈新人類〉などと呼ばれていった。ゲーセンに入り浸ってパソコンを使いこなしトレンドというものを身に纏《まと》ってバブルの真っただ中で社会人としての生活を享受していった。いまや iPhone で世界を席巻している〈Apple〉が、それよりもずっと以前に発表した画期的なパソコン〈Macintosh〉を、いち早く遊びでも仕事でも使い出したのも、まだ二十代の若者だった僕たちだ。

これほどまでに時代は変化するものだ、というのを、身をもって知った。

そうして、気づく。

僕たちが子供の頃に夢見た未来が、今こうして地続きで来てしまっているんだと。あの頃怪獣と戦っていたチームの隊員たちは、今こうして僕たちが普通に使っている技術で戦っていたんだと。憧れたものが、現実になってしまっている。そこにいないのは、怪獣や宇宙人や妖怪だけだ、と。

朱川さんの小説からにじみ出てくるものは、茜色に染まる雲が漂う空の下の、町の匂いだ。それは決して失われてノスタルジーとして語られるものではなく、今も同じ空の下にある町の灯だ。

夢見た未来がどんなものであったのかを忘れた大人になってしまったとしても、あの頃に感じていた何かはずっとそこに在る。

在り続けるものに、忘れてしまっているものに、向こうを向いてしまっているものに、朱川さんは「おーい」と呼びかけて振り向かせて、僕らの方に顔を向けさせる。

その顔は笑顔かもしれないし、泣き顔かもしれないし、幼い頃に道に迷ってしまって怯えているような顔かもしれない。あるいは、皆に忘れられて心細さに震えている顔かもしれない。

でも、周りは灯《とも》された灯に照らされている。暖かい橙色の光がちゃんとそこにある。だから僕たちは安心して頷いて、向き合える。

通勤の鞄の中に、バッグの中に、ベッドの脇のテーブルに、敷いた布団の枕元に、台所のテーブルの片隅に、トイレの壁の小さな棚でもいいかもしれない。この『遊星小説』を入れて、もしくは置いておくといい。

読めば暖かな橙色の灯に守られて、小さく微笑み、うん、と頷いて、また日々を暮らしに、歩いていけるから。

本書は二〇一一年六月に日本経済新聞出版社より刊行された『遊星ハグルマ装置』（朱川湊人・笹公人共著）から朱川湊人氏の作品を抜粋し、再編集したものです。

本作品はフィクションです。
実在の人物・団体・事件等とは一切関係がありません。

実業之日本社文庫 し31

遊星小説《ゆうせいしょうせつ》

2016年10月15日　初版第1刷発行

著　者　朱川湊人《しゅかわみなと》

発行者　岩野裕一
発行所　株式会社実業之日本社
〒153-0044　東京都目黒区大橋 1-5-1
クロスエアタワー８階
電話 [編集]03(6809)0473 [販売]03(6809)0495
ホームページ　http://www.j-n.co.jp/
ＤＴＰ　株式会社ラッシュ
印刷所　大日本印刷株式会社
製本所　株式会社ブックアート

フォーマットデザイン　鈴木正道（Suzuki Design）

ISBN978-4-408-55315-3（第二文芸）